Schrödingers Katze

AF284071

Rüdiger Schneider

Schrödingers Katze

Bekenntnis eines wilden Herzens

Novelle

Bibliografische Information der Deutschen Nationalbibliothek: Die Deutsche Nationalbibliothek verzeichnet diese Publikation in der Deutschen Nationalbibliografie; detaillierte bibliografische Daten sind im Internet über http://dnb.d-nb.de abrufbar.

Coverfoto: shutterstock 197699549
ISBN: 9783751990004

Herstellung und Verlag: BoD - Books on Demand, Norderstedt
ISBN 978-3-7519-9000-4

Handlung und Personen sind frei erfunden, etwaige Ähnlichkeiten rein zufällig.

Vorbemerkung

Wenn zu Anfang der Novelle steht, Personen und Handlung seien frei erfunden, so stimmt das nicht ganz. Natürlich ist der Autor nicht zugleich auch die handelnde Person in der Erzählung. Und auch die sonst auftauchenden Figuren stimmen nicht unbedingt überein mit der Realität. Ich habe mir lange einen Untertitel zu ‚Schrödingers Katze‘ überlegt. Mit zugegeben vielen Zweifeln. ‚Bekenntnisse eines wilden Herzens‘ schien mir dann doch noch am besten. Der Untertitel hätte auch lauten können: ‚Dichtung und Wahrheit‘. In der Tat: Manches ist erfunden, manches auch nicht. Aber solche Überlegungen müssen der Literatur völlig egal sein. Wer mich kennt, wird sagen: „Aha, so war es!" Wer mich nicht kennt, möge einfach Freude haben an einer Erzählung, die man mit etwas Augenzwinkern und ‚cum grano salis‘ lesen möge.

September 2020

Brief des Josef Schrödinger an den Bonner Psychiater Dr. Eugen Mondmann, Koblenz, 15. August 2020

Sehr geehrter Herr Dr. Mondmann,

schade, schade, dass Sie in Ihrer Bonner Praxis als Psychiater keine Beratungen mehr unter vier Augen geben wollen, die Praxis also schließen. Aufgrund Ihres Alters von 74 Jahren kann ich diesen Schritt in den Ruhestand jedoch gut verstehen. Immerhin hatten Sie mir bei unserem Telefongespräch erlaubt, mich schriftlich zu meinem Problem zu äußern. Sie würden dann ebenfalls schriftlich Stellung dazu nehmen bzw. mir einen Rat geben. Zur Bedingung haben Sie dabei gemacht, dass ich mich möglichst ausführlich und offen äußern möge. Dies werde ich in den nächsten Tagen tun. Damit kein Wirrwarr entsteht, will ich versuchen, mein Problem zu strukturieren, d.h. ich werde, damit Sie sich ein klareres Bild machen können, es in Kapitel ordnen. Entweder chronologisch oder thematisch. Vielleicht läuft mir auch beides ineinander. Das weiß ich jetzt noch nicht. Auf jeden Fall danke ich Ihnen, dass ich wenigstens diese schriftliche Möglichkeit habe. Das Konvolut meiner Seiten werde ich Ihnen postalisch zuschicken. Doch zunächst erhalten Sie als Ankündigung diesen Brief von mir. Meinen Aufzeichnungen werde ich auch einen Titel geben. Dieser lautet ‚Schrödingers Katze'. Was das ist und was es bedeutet, werde ich natürlich erklären. Ich hoffe, dass Sie mir, wie Sie es versprochen hatten, antworten werden.

Mit herzlichen Grüßen, Ihr Josef Schrödinger

Aufzeichnungen des Josef Schrödinger, verschickt an Dr. Mondmann, 30. August 2020

1

Zunächst wiederhole ich die Informationen, die ich bereits am Telefon gegeben habe. Mein Name ist Josef Schrödinger. Ich bin 63 Jahre alt, von Beruf Physiker bei einem namhaften Stromanbieter. Ich habe ein gesichertes Einkommen, bin unverheiratet, reiselustig und sportlich. Was den Sport betrifft, spiele ich Tennis in einer Koblenzer Seniorenmannschaft.

Jetzt aber zunächst zu dem Begriff ‚Schrödingers Katze'. Die Katze ist ein Gedankenexperiment, ein Paradoxon aus der Quantenmechanik. Es stammt von dem Quantenphysiker Erwin Schrödinger, mit dem ich nicht verwandt bin. Unsere Namensgleichheit ist reiner Zufall. Laien erkläre ich dieses Paradoxon immer so:

„Ist die Katze da, sieht man sie nicht. Ist sie nicht da, sieht man sie."

Ich weiß, das klingt sehr kompliziert. Aber als Physiker übertrage ich dieses Phänomen auf mein eigenes Dilemma, das mir Nacht für Nacht den Schlaf raubt. Ich liebe nämlich zwei sehr unterschiedliche Frauen in sehr unterschiedlicher Weise. Die eine heißt Kathia, ist 58 Jahre alt, von Beruf Ärztin. Die andere ist Anja. Sie ist 62 Jahre alt und Chefköchin in einem Gourmet-Restaurant. Die eine ist also um fünf Jahre jünger als ich, die andere nur ein Jahr. Aber für mich ist das Alter einer Frau ziemlich unwesentlich. Ich war mit 20 Jahren einmal für drei Wochen in Nepal und hatte mich dort in eine 92-Jährige verliebt, hatte die Erfahrung gemacht, dass eine Frau, je älter sie wird, auch umso schöner und attraktiver werden kann, was in diesem speziellen Fall an der Gebirgsluft des Himalaya liegen mag und überhaupt an dem Lebensumfeld dort. Der spirituelle Ausdruck der Gesichtsfalten hatte mich ungemein angezogen. Ich wollte diese Frau sogar mit nach Deutschland nehmen, aber ihre Familie hat gesagt: „Die Oma kommt uns nicht weg!"

Ach ja, was nicht unwichtig ist: Beide Frauen, ich meine jetzt Anja und Kathia, sind übrigens sehr schön und auf ihre eigene und unterschiedliche Art quirlig und lebendig. Anja wohnt wie ich in Koblenz. Kathia in Limburg, was etwas weiter weg ist. Anja kenne ich seit vier Jahren, Kathia seit fünf Monaten.

Was hat das nun mit Schrödingers Katze zu tun? Ich fühle mich einem Paradoxon ausgeliefert, einer Unberechenbarkeit, die mir über den Kopf steigt. Manchmal habe ich das Gefühl: Ist die eine bei mir, habe ich Sehnsucht nach der anderen. Ist die andere da, habe ich Sehnsucht nach der einen. Die Lösung wäre für mich, ich könnte mit beiden in einem Haus zusammenleben. Beide, was mein Wunsch wäre, würden sich dabei gut verstehen und es herrschte Harmonie und Frieden. Ist das eine Utopie? Raube ich der einen etwas, wenn ich auch die andere liebe? Hat die Liebe nicht die wunderbare Eigenschaft, dass sie teilbar ist?

Soviel, lieber Herr Dr. Mondmann, in diesem ersten Kapitel zur Einführung.

2

Was ich gestehen muss: Ich kann keine Nacht ohne Frau sein. Ich bin wie ein kleiner Junge, der seinen Teddybär braucht. Nur dann kann ich richtig schlummern. Ich muss, wenn man zu Bett geht - vorher aber auch schon – immer kuscheln, wenn ich das mal so umschreiben darf. Ein Freund hat mir geraten, den Frauen nichts zu erzählen, also heimlich ein Doppelverhältnis zu führen. Ich sollte Alibis erfinden wie z.B. Konferenzen in fernen Orten, vor allem aber mich als Feind von Handy oder Smartphone outen, damit man mich nicht anrufen kann. Das aber liegt mir nicht. Ich will nicht lügen, weil ich glaube, dass ich mir damit nur selber schade. Außerdem setzt mich so etwas unter Dauerstress, weil man immer damit rechnen muss, erwischt zu werden. Manchmal besuchen mich die Frauen, d.h. jeweils eine, in meiner Wohnung. Stellen Sie sich vor, Kathia ist z.B. bei mir, es ist Abend, es ist Licht in der Wohnung, Anja klingelt, benutzt dann den Schlüssel, den ich ihr ebenso wie Kathia gegeben habe. Was für eine Verlegenheit, was für eine Gefahr, was für ein Stress!

Ich habe so etwas schon einmal erlebt und will es nie wieder erleben. Das war vor zwei Jahren. Zunächst muss ich vorausschicken, dass Anja und ich so etwas wie eine On-Off-Beziehung hatten. Trennungen dauerten manchmal nur eine oder zwei Wochen. Dieses Mal, bei dem im

Folgenden geschilderten Vorfall, war es aber ein halbes Jahr. Da ich ohne Frau nicht schlafen kann, ich würde verrückt oder depressiv werden, hatte ich bald das Glück mit Veronika eine hübsche Blondine aus dem Bergischen kennenzulernen. Aber Anja ging mir nicht aus dem Sinn.

An einem Samstagmorgen nun saß Veronika bei mir auf dem Sofa. Es klingelt. Ich denke: Da kommt der Postbote oder der Paketdienst. Aber nein. Da kam Anja die Treppe hoch. Ich habe mich riesig gefreut, sie in die Wohnung gelassen. Sie war sehr höflich und cool, hat Veronika nur „Guten Morgen" gesagt und sich neben mich auf das Sofa gesetzt und hat mir sogar den Arm um die Schulter gelegt. Veronika ist da aufgesprungen, hat auf mich gezeigt und gefragt: „Haben Sie mit dem geschlafen?" Die Antwort war: „Ja, es war sehr schön!" Danach war in meinem Wohnzimmer die Hölle los. „Raus! Raus! Und noch mal raus!" hat Veronika geschrien. Anja hat nur geantwortet: „Warum denn? Ich habe mich doch gerade erst gesetzt." Veronika wurde immer hysterischer und hörte nicht auf „Raus! Raus!" zu schreien. Anja hat ihr schließlich den Vogel gezeigt und gesagt: „Na sowas!

So oft bin ich noch nie rausgeworfen worden." Dann ist sie mit einem Lächeln gegangen.

Ich saß ganz verschüchtert auf dem Sofa und wusste gar nicht, was ich machen sollte. Kaum war Anja weg, da flog eine Vase mit Tulpen, die ich mir gerade erst gekauft hatte, an die Wand, zerplatzte, hinterließ einen garstigen Fleck auf der Tapete. Die armen Blumen, die nichts dafürkonnten, lagen auf dem Teppich. „Auweia, auweia!" hab' ich gedacht. Da war nämlich noch eine Kaffeekanne auf dem Tisch. Die kriegst du auf den Kopf gehauen, war mein erster Gedanke. Ich bin aufgesprungen, in den Flur geeilt, habe an der Garderobe mein Jackett gegriffen, in dem Gott sei Dank meine wichtigsten Papiere und der Wohnungs- und Autoschlüssel waren, bin raus aus meiner eigenen Wohnung, dann die Treppe mehr hinab gesprungen als gelaufen, habe noch, als ich aus der Haustür war, nach oben zu meinem Balkon geguckt, ob mir vielleicht etwas Schweres auf den Kopf fallen würde. Aber ich habe heil mein Auto erreicht, bin losgefahren. Wohin? Natürlich zu Anja, weil, wie ich ja gesagt habe, keine Nacht ohne Frau schlafen kann. Sie war inzwischen wieder zu Hause, hatte eine Flasche Wodka geöffnet, an deren Leerung ich mich beteiligt habe. So hatte ich doch noch einen netten Tag und auch noch etwas mehr. Als ich dann am Sonntagmorgen wieder in meine Wohnung kam, sah mein Wohnzimmer, auweia, auweia, schlimm aus. Die Kaffeekanne lag da, wo sie nicht hingehört, nämlich zertrümmert auf dem Boden. Ein ähnliches Schicksal hatten das Milchkännchen, die Kaffeetassen und die Zuckerdose. Gott sei Dank war mein Aquarium, das 250 Liter fasst, noch heile. Sonst hätte es wirklich eine Katastrophe gegeben. Mein Aquarium ist mit Meerwasser. Ich halte darin einen ganzen Schwarm Korallenfische. Die hätten das nicht überlebt und das Wasser hätte die Wohnung überflutet.

Entschuldigung, ich schweife ab. Ich schildere diesen Vorgang nur, weil ich da einen Schock bekommen und mir geschworen hatte: Nie wieder solch ein Zusammentreffen zweier Frauen! Ich habe Anja Treue geschworen und wollte mich auch unbedingt daran halten. Gewiss nicht nur, wie Sie vielleicht denken, weil es täglich ein ausgezeichnetes Essen gab.

Nein, nein, so war das nicht. Ich begann ruhig und behaglich zu leben. Und was passiert jetzt? Schon wieder droht Gefahr.

3

Nun muss ich erzählen, wie ich in mein neues Dilemma geraten bin. Im März dieses Jahres hatte ich nach einem Tennismatch heftige Rückenschmerzen und habe von einem Mannschaftskameraden den Tipp bekommen: „Fahre nach Limburg. Dort gibt es eine Ärztin. Die macht nach chinesischer Art Akupunktur. Hilft dir bestimmt."

Ja, das habe ich gemacht. Und was passiert? Ich treffe auf eine Frau, die charmant und wunderschön ist, und da wegen Corona Maskenpflicht ist, sehr geheimnisvoll wirkt. Sie trug aber keine gewöhnliche Maske, sondern so etwas wie ein indisches Sarituch, das sie nicht nur um Mund und Nase, sondern auch um die Haare gebunden hatte. Ein wunderschöner türkisfarbener Schmuck lag wie ein Reif um die Stirn und hielt das Tuch. Grünblaue, helle Augen musterten mich freundlich. Was ich im ersten Moment von dem Gesicht sah, wirkte nun keineswegs indisch, und wie sie mir später sagte, ist sie genauso deutsch wie ich auch. Die Maskenpflicht hatte sie nur zum Anlass genommen, sich orientalisch zu schmücken und so dem dummen, normalen Maskengebot zu entkommen.

Als ich mich bäuchlings auf der Liege hinstrecke und sie mir die ersten Nadeln in den Rücken setzt, zack, da habe ich mich unsterblich verliebt.

Sie werden erstaunt fragen: „Wie? So schnell geht das?" Und ich antworte Ihnen: „Ja, so schnell kann das gehen. Das ist der Blitz der Intuition."

Nach der dritten Behandlung habe ich sie zu einem Kaffee eingeladen. Sie hat „Ja" gesagt und dann ging es auf einmal immer weiter. Bis… Na eben! Genau so. Da war ich mit Anja wieder in der Off-Phase.

Keine Stunde mehr wollte ich an den Abenden und in den Nächten ohne Kathia sein. Ich war wie im Rausch. Aber ich habe auch gelitten. Denn als Fachreferentin für chinesische Akupunktur ist sie oft zu Vorträgen unterwegs. In Hamburg zum Beispiel oder in Berlin, manchmal auch für eine ganze Woche in Rostock. Dann fühlte ich mich ganz alleine und hatte Sehnsucht und Verlassenheitsgefühle. Das war wirklich schlimm. Ich kam zu einem für mich heroischen Versuch und habe ihr einen Heiratsantrag gemacht. Da hat sie gesagt, die Freiheit wäre ihr wichtiger, als mit einem Mann unter einem Dach zu hocken. Das war an einem Dienstagmorgen. Ich war bei ihr in Limburg, als ich diesen Antrag machte. Ich bin traurig nach Hause gefahren, habe unterwegs eingekauft und dann Anja, von der ich wusste, dass sie dienstags ihren freien Tag hat, zum Kochen eingeladen. Nun ja, als Anja mit ihrem blauen VW-Bus anrollte, war ich froh, den Abend nicht alleine verbringen zu müssen. Sie hat wunderbar gekocht, ausgerechnet chinesisch, und es sind auch zwei Flaschen Wein draufgegangen. Ich habe Anja mein Leid geklagt, also da schon von Kathia erzählt.

„Ach, blas doch kein Trübsal!" hat Anja gesagt. „Ich heitere dich jetzt mit einem Bauchtanz auf."

Ich habe bei Youtube türkische Musik gesucht und dann ist sie, während ich auf dem Sofa lag und ihr zugesehen habe, durch mein Wohnzimmer getanzt. Ja, und dann lag sie plötzlich auf mir. Ich hatte mir zu dem Wein auch noch ein oder zwei Wodka genehmigt und habe nicht „Nein" gesagt. Danach haben wir zwei Zigarren geraucht. Von einer Kubareise hatte ich einmal ein ganzes Kistchen gekauft. Bei Kathia durfte ich diese Dinger nicht in der Wohnung rauchen. Sie mag, was ich ja verstehen kann, den dichten Qualm nicht und den Gestank danach. Anja aber pafft begeistert mit. So dachte ich zunächst: „Bei Anja, mein Junge, ist das Leben endlich wieder easy going. Jetzt kannst du wieder qualmen und trinken, wie du lustig bist."

Zwei Wochen habe ich mich geweigert, Kathia zu sehen. Aber dann stieg die Sehnsucht auf in einer Weise, die mich ganz hilflos machte und richtig weh tat. Ich trinke ja eigentlich ganz gerne, aber um die Sehnsucht zu betäuben, übertrieb ich es gewaltig. Sie werden es kaum glauben. Aber in diesen Nächten trank ich einen ganzen Kasten Bier und eine Flasche Portwein dazu. In dieser Zeit war ich von Anja weder durch Bauchtanz noch durch Flamenco, den sie vorzüglich beherrscht, verführbar. Auch Strapse halfen nicht. Ich musste immer nur an Kathia denken.

Was den Alkohol betrifft, hat er bei mir eine zunächst harmlose Wirkung. Ich werde weder rabiat noch aggressiv, sondern fange plötzlich an zu lachen und schlafe ein. Aber er hatte doch keine so harmlose Wirkung. Anja, die viel weniger trinkt, fand mein Quantum erschreckend. Kathia ist als Ärztin sowieso gegen den Alkohol und brüht statt dessen lieber Tee auf. Nun ja, das wirklich Schlimme an dieser Phase war, dass ich meinen Job als Physiker verloren habe. Ich habe mich bei einem Projekt heftig verrechnet, der Konzern hat ein sündhaft teures Stromaggregat verloren, aber immerhin waren sie so gnädig, mich zum Ablesen der Stromzähler in Koblenz einzusetzen. Überlandfahrten in andere Orte gingen nicht mehr, da ich zu allem Unglück bei einer Kontrolle auch meinen Führerschein verloren hatte. So radel ich also jetzt in einem blauen Overall durch Koblenz, klingel bei den Häusern, die vom Konzern mit Strom beliefert werden, gehe in den Keller und lese die Zähler ab. Ich habe mich mit meinem neuen Job abgefunden, versuche das Positive darin zu sehen. Zum Beispiel bin ich erleichtert, nicht mehr mit Anzug und Krawatte im Konzern antanzen zu müssen. Wenn ich bei den Leuten klingel und ich sehe, dass es sich um arme Rentner oder Rentnerinnen handelt, schlage ich ihnen vor, den Anbieter zu wechseln, da mein Konzern den Strom überteuert liefert. Ich weiß: Ich säge mir womöglich den Ast ab, auf dem ich sitze.

Die berufliche Herabstufung ist nicht mein größtes Problem. Richtig schlimm war, dass die Sehnsucht nach Kathia immer schmerzhafter wurde und ich zugleich aber Anja nicht verlieren wollte. Ich mochte ihre Gegenwart, ihre Gesellschaft, das mich unendlich verwöhnende Kochen. Ich mochte ihre frechen Sprüche, ihre Lustigkeit, ihre satte Lebensklugheit. Auch ihr habe ich in meiner Not einen Heiratsantrag gemacht, aber sie hat nur gesagt: „Nee, nee! So einen Vogel wie dich heirate ich lieber nicht."

Ach ja, Sie wollen sicher wissen, ob auch meine sportliche Karriere einen Knacks bekommen hat. Nein. Zum Glück kam da der Corona-Wahnsinn und es gab keine Spiele mehr. Noch nicht mal ein Training, bei dem man gemerkt hätte, dass ich den Ball öfter ins Netz schlug statt drüber.

Beim nächsten Kapitel wollen Sie sicher erfahren, wie es weiterging. Denn nach einiger Zeit traf ich mich mit beiden Frauen wieder. Das wird Sie verwundern. Aber ich werde es erklären.

4

In meinem Kummer – beide Frauen hatten sich von mir distanziert – habe ich zunächst weiter getrunken, bis ich bei meiner neuen Tätigkeit als Ableser von Stromzählern wieder einen Fehler beging. Ich las bei einem Zähler den Verbrauch doppelt und habe die Ziffern ohne Komma hintereinander geschrieben. Dem Konzern kam die Riesensumme, die dadurch für einen privaten Haushalt entstanden war, verdächtig vor. Zunächst dachten sie, dass da jemand heimlich eine Hanfplantage betreiben würde. Aber selbst dafür war die Summe noch viel zu hoch. Sie haben einen Kollegen zu dem Zähler geschickt und es noch einmal ablesen und es korrigieren lassen. Ich bin mit einer Verwarnung davongekommen.

„Um Gottes Willen!" habe ich gedacht. „Wenn du deinen Job als Stromableser auch noch verlierst, landest du auf der Straße. Dort findest du keine Frau mehr und ohne Frau kannst und willst du ja nicht leben."

Ich habe da mit dem Trinken aufgehört und wurde im Kopf wieder klarer und bewusster, so dass ich nach ein paar Tagen beiden Frauen eine fehlerfreie Email schicken konnte, in der ich meine Wandlung schilderte und meine Sehnsucht offenbarte. Der Anja habe ich nichts von der Kathia geschrieben und der Kathia nichts von der Anja. Ich wollte das unter jeweils vier Augen in einem persönlichen Gespräch klären. In meinen langen Mails hatte ich übrigens ein paar schöne Wendungen aus Briefen von Goethe und Schiller benutzt, was sie sehr anrührend fanden. So kam es noch am selben Abend zu einem Treffen mit Kathia und am nächsten Abend zu einem mit Anja. Erzählt habe ich da noch nichts. Ich wollte etwas Zeit verstreichen lassen und beide Beziehungen erst wieder stabilisieren. Vier Wochen ging das auch ziemlich gut. Ich fand das sehr schön und war richtig glücklich. War Kathia wieder mal zu ihren Referaten unterwegs, kam Anja, so dass ich keine großen Verlassenheitsgefühle mehr hatte. Sie hat meine Sehnsucht nach Kathia gedämpft.

Dass ich irgendwie von den Gefühlen her an beiden Frauen hing, habe ich ganz besonders von meinem Balkon aus gemerkt, von dem ich einen Blick auf die Straße habe. Schon eine Viertelstunde vor der verabredeten Zeit, zu der sie mich besuchen wollten, stand ich dort und spähte auf die Straße, wartete auf Anjas blauen VW-Bus oder Kathias roten Audi. Waren nur ein paar Minuten über diese Zeit hinaus gegangen, wurde ich wahnsinnig nervös, fürchtete, sie kämen nicht, lief unruhig in meiner Wohnung herum, fing an zu zittern und verspürte den Drang und die Versuchung mir wieder ein Fläschlein aus dem Kühlschrank zu holen, um mich zu beruhigen. Aber ich habe es nicht gemacht, sondern stattdessen eine Hand voll Melissenblätter gefuttert, die eine besänftigende Wirkung auf mich haben. Von der Zitronenmelisse habe ich mehrere Töpfe auf dem Balkon stehen, wo sie in der Sonne prächtig gedeihen. Von der Zitronenmelisse kenne ich sogar den lateinischen Namen…

Entschuldigen Sie! Ich schweife wieder ab. Ich wollte nur sagen, wie ich ganz deutlich fühle, dass ich an beiden Frauen hänge.

Ach ja, was Sie als Psychiater vielleicht interessieren wird: ich baller mir den Kopf nicht mehr mit Alkohol weg, sondern habe etwas für mich ganz Neues entdeckt. Bei dem Besuch einer homöopathischen Apotheke – auf Kathias Rat hin sollte ich Meteoreisen nehmen und zwar ‚Globuli velati‘ in D5 Potenz – habe ich mir auch eine Tüte Bonbons mit Fenchel und Eukalyptus mitgenommen. Wie erstaunt war ich, als ich diese Bonbons zusammen mit den Meteor-Globuli gelutscht habe. Plötzlich, ohne dass sich mein Bewusstsein trübte, entstanden in mir beschwingte Wirbel wie von einem Reggaerhythmus. Das war sogar noch schöner als Portwein zu saufen. Seitdem bestelle ich in der Apotheke jede Woche einen ganzen Karton dieser Bonbons und nehme auch fleißig die Globuli. Schade, dass Sie nicht mehr praktizieren. Sonst könnten Sie das weiterempfehlen. Denn ich bin ja bestimmt nicht der einzige Mann, der sich in lausigen Zeiten den Kummer mit den Frauen wegtrinkt.

5

Beim Lesen des bisher Geschriebenen sehe ich gerade, dass ich Ihnen noch nicht erzählt habe, wie ich Anja vor vier Jahren kennenlernte. Dass sie als Chefköchin in einem Koblenzer Gourmet-Restaurant arbeitet, hatte ich bereits gesagt. Es ist ein kleines, aber feines und sehr gemütliches Restaurant in der Koblenzer Altstadt. Es hat eine anheimelnde Atmosphäre – ich glaube, man benutzt hier besser den Ausdruck ‚Ambiente‘ – öffnet erst um 17 Uhr und um Mitternacht schließt die Küche. Der Chef bedient die Gäste selbst, während Anja in der Küche die leckersten Menüs zaubert.

Es war, erinnere ich mich recht, an einem Abend im Mai, als ich mich einmal kulinarisch verwöhnen lassen wollte. Ich war ohne Begleitung, saß bei Kerzenschein alleine am Tisch, hatte mir ‚Hühnchen Sirikit‘ bestellt, trank einen Grauen Burgunder dazu. Mein Gaumen wurde vom Wein und ganz besonders von dem Hühnchen köstlich verwöhnt. Beim Bezahlen bat ich den Chef des Hauses, mich beim Koch oder der Köchin persönlich bedanken zu dürfen und ein höchstes Lob auszusprechen.

„Ich werde das übermitteln", meinte er.

„Nein, nein", sagte ich. „Wenn Sie gestatten, würde ich das gern selber machen. Ich möchte sehen, wer so wunderbar kochen kann."

Ein misstrauischer Blick traf mich. Aber dann ging der Chef doch in die Küche. Kurz darauf kam Anja an meinen Tisch.

„Oh, ist die sweet!" dachte ich und sagte: „So bin ich kulinarisch noch nie verwöhnt worden. Sie sind eine Zauberin."

Sie lächelte. „Danke. Freut mich, dass es Ihnen geschmeckt hat."

Ihr Chef stand derweil an der Bar des Restaurants und beobachtete uns. In gedämpftem Ton, so dass er es nicht hören konnte, sagte ich zu Anja:

„Ich würde gerne Gäste zu mir einladen und sie ebenso kulinarisch verwöhnen. Ich kann aber nicht kochen. Darf ich Sie für einen Abend engagieren? Sie werden doch gewiss einen freien Tag haben. Danach würde ich mich richten. Wenn Sie einverstanden sind, rufen Sie mich an. Dann können wir das in Ruhe besprechen."

Unauffällig schob ich ihr meine Visitenkarte zu. Es war auch höchste Zeit. Der Chef kam an den Tisch und sagte:

„Anja, bitte keine langen Privatgespräche. Es sind noch andere Gäste da. Die warten."

„Ja, ja", antwortete Anja. „Der junge Mann wollte nur wissen, ob ich für das Hühnchen auch Koriander genommen habe."

Sie lächelte, zwinkerte mir zu, drehte sich um und ging wieder in die Küche.

Ich war mir sicher, dass sie anrufen würde. So war es dann auch. Ich habe die Tennisfreunde von meiner Medenmannschaft an Anjas freiem Tag eingeladen. Sie hat excellent gekocht. Die Jungs waren richtig neidisch und hatten gemeint: „Da hast du aber eine Perle geangelt!"

Bevor es zu dem Abend mit den Gästen kam, waren Anja und ich einkaufen. Nicht nur alle Zutaten für das Hühnchen Sirikit, sondern auch Töpfe, Pfannen, Besteck und Gläser. Meine Küche war bis dahin für solch ein Ereignis zu spärlich eingerichtet.

Wir waren an ihrem freien Tag einkaufen und verbrachten den Abend gemeinsam in der Koblenzer Altstadt. Dabei sind wir uns näher gekommen.

6

In diesem Kapitel versuche ich zu beschreiben, wie unterschiedlich die beiden Frauen sind und welche Herausforderungen das an mich stellt. Ich beginne mit dem Äußeren. Dass beide sehr schön sind, hatte ich bereits gesagt. Damit meine ich nicht die flache, auf makellos getrimmte Schönheit eines Hollywoodstars, sondern die Schönheit einer eigenständigen, lebendigen Persönlichkeit. Kathia ist groß und schlank. Mit ihren 1.85 könnte ich mir sie durchaus in einer Frauenmannschaft des Basketballs vorstellen. Sie hat hellblondes Haar, das sie nicht bubenhaft kurz geschnitten trägt, sondern in einer sehr weiblich wirkenden Form, in die ich mich traumhaft verwühlen kann. Mit ihren blaugrünen Augen kann sie wunderbar lächeln, aber einen auch ebenso streng ansehen. Was, wie ich hier gestehe, bei mir manchmal notwendig ist.

Anja ist mit 1.65 etwas kleiner, zierlicher, so dass ich sie, wenn sie etwas braucht, das oben auf ihrem Kleiderschrank liegt, leicht hochheben kann. Das blonde Haar trägt sie in Locken fast schulterlang. Sie hat hellblaue Augen, in denen ich genau sehe, wenn sie nicht nur Lust auf ein leckeres Essen hat. Ach ja, beide Frauen haben übrigens einen sehr schönen sinnlichen Mund, also nicht die Strichlippen, wie man sie von manchen emanzipatorischen Kämpferinnen her kennt. Wobei ich mit dieser Bemerkung durchaus nichts gegen den Feminismus sagen will. Ich halte ihn für notwendig, gehe ihm aber aus dem Weg. Ich will es auf der Welt lieber gemütlich haben, möchte lieber ein Weib voller Sanftheit, Nachgiebigkeit, Verbindlichkeit, Natürlichkeit, Ausgeglichenheit, Heiterkeit, voller Ruhe und zugleich wärmender Liebe.

Beide Frauen verstehen es, sich mit langen Röcken feminin zu kleiden, wirken also nicht wie eine Bankmanagerin in strengen Hosen.

Sie sehen, verehrter Herr Dr. Mondmann, man kann beide Frauen, allein was das Äußere betrifft, heftig liebhaben.

Natürlich ist das nur eine kurze Beschreibung. Ich bin kein Schriftsteller, der sich in endlosen Details verlieren kann. Ich bin Physiker, der solche Dinge knapp zusammenfasst. Ich hoffe aber, dass Sie schon einen gewissen Eindruck gewinnen konnten, mit dem Sie meinen Konflikt etwas besser verstehen können. Eine Beobachtung will ich hier noch beisteuern.

Ich gehe mit beiden Frauen gerne die Koblenzer Rheinpromenade entlang – natürlich nicht mit beiden zusammen, sondern jeweils nur mit einer – und bemerke, wie die Männer mit kaum versteckter Begehrlichkeit gucken. Vor allem, was oft vorkommt, wenn sie einsam auf einer Bank sitzen. Würde man nahe genug an dieser Bank vorbeigehen, könnte man sicherlich einen Seufzer hören.

Was ich vergessen habe, was aber vielleicht auch völlig unwichtig ist: Gehe ich mit Anja spazieren, ist noch ein Dritter dabei. Sie hat einen kleinen Mops, der Bruno heißt. Eigentlich komme ich mit ihm gut klar, wie ich überhaupt mit Hunden kein Problem habe. Aber steige ich zu Anja ins Bett, will Bruno mit hinein. Einmal hat er mich dabei ins Bein gebissen, was ich ihm aber verziehen habe. Damit das nicht noch einmal passiert, nehme ich bei dem Gang zum Schlafzimmer immer ein Leckerchen mit, das ich ihm weit in den Flur werfe, so dass ich unbehelligt eintreten und die Tür schließen kann. Auf diese Weise habe ich mit Bruno ein Arrangement geschlossen. Er hat sein Leckerchen draußen.

Ich will aber jetzt nicht meine Beziehung zu Bruno beschreiben, sondern zu zwei Frauen, die ich sehr liebhabe. Für die sozusagen inneren Eigenschaften nehme ich jetzt lieber ein neues Kapitel.

7

Kommen wir jetzt zu den inneren Eigenschaften. Das ist das schwierigste Kapitel. Ich sage auch lieber: Kommen wir dazu, wie Anja und Kathia auf mich wirken. Niemals würde ich mir anmaßen, über das Seelenleben einer Frau zu urteilen. Es geht also um meinen eigenen Blick auf sie und was sie bei mir auslösen. Ich schreibe also nicht über die Frauen, sondern vielmehr über mich.

Bis zu jenem ersten Zusammentreffen mit Kathia war ich ein Physiker, der glaubte, die Welt nach objektiven und wissenschaftlich überprüfbaren und nachvollziehbaren Gegebenheiten einordnen zu können. Seit ich Kathia kenne, ist das anders. Ich glaube nicht mehr an die sogenannte reine Wissenschaft. Ich bin misstrauisch geworden gegenüber den Zahlen, die alles quantifizieren. Ich bin misstrauisch geworden gegenüber den scheinbar objektiven Modellen und Experimenten, mit denen wir die Welt erklären. Ich bin misstrauisch geworden gegenüber einer Rationalität, die materialistisch ist und das spirituelle Fundament der Welt verleugnet. Meine Wahrnehmung ist durch Kathia anders geworden. Es begann damit, dass sie mich bei Spaziergängen aufmerksam machte auf die zahllosen kleinen Wunder der Natur. Etwa dass Bienen, die durch eine blühende Linde oder Schlehe schwärmen, den Sonnenton A summen. Oh ja, sie versteht etwas von Musik. Und auch da hat sie mein Herz geöffnet, so dass ich, was vorher nie der Fall war, die Sprache der klassischen Musik verstehe. Das heißt, ich weiß, von welchen Gefühlen bei einer Sinfonie oder Sonate die Rede ist. Sie hat mich auch vertraut gemacht mit jenem seltsamen Phänomen der Koinzidenz, also dass Dinge gleichzeitig geschehen, ohne dass es dafür eine kausal physikalische Erklärung gäbe. Ein Beispiel dazu: Ich bin in meiner Küche, schneide eine Zwiebel, bin unvorsichtig mit dem Messer. Es ist nicht schlimm, aber drei Tropfen Blut fallen auf die weiße Arbeitsplatte. Eine Stelle aus dem ‚Parzival‘ fällt mir ein. Die Sagen des Mittelalters, die ich als Kind verschlungen habe, waren meine Lieblingslektüre. Nun, jene Stelle beschreibt, wie Parzival sein Pferd vor drei Blutstropfen im Schnee anhält. Ein Falke hatte eine Taube geschlagen. Parzival fällt in Trance, verharrt auf der Stelle, denkt bei den Farben Rot und Weiß an die Schönheit seiner Frau, die er verlassen hat. Daran musste ich denken, und im selben Moment ruft Kathia mich an und teilt mir mit, dass sie zwei Karten für eine Parzival-Aufführung in Mannheim bestellt hat. Das ist Koinzidenz, für die ich keine wissenschaftliche Erklärung habe.

So etwas ist öfter passiert. Mit physikalischen Modellen ist es nicht erklärbar. Es zeigt mir aber, dass es jenseits der scheinbar objektiven Welt noch eine ganz andere gibt. Ich glaube auch nicht mehr an den Urknall. Das ist Blödsinn. Die Welt ist ein Kosmos, eine Schöpfung. Es würde zu weit führen, meinen Weg zu dieser Einsicht genau zu beschreiben. Aber ich habe sie Kathia zu verdanken. Ich will hier nur kurz andeuten, wie diese Frau einen beschränkten Physiker in eine andere Welt geführt hat. Bezeichnet man so etwas als Psychagogin? Ich weiß den Fachausdruck nicht mehr. Ich weiß nur, Kathia hat mich zu einer Entwicklung herausgefordert, die das enge Weltbild eines Physikers weit übersteigt. Das war am Anfang anstrengend, zumal die Diskussionen über Gott und die Welt schon beim Frühstück losgingen. Ich bin oder war so gestrickt, dass ich nach dem Aufstehen in aller Ruhe nur schweigend meinen Kaffee trinken wollte und auch ein Zigarettchen rauchte dazu. So langsam und gemütlich sollte der Tag beginnen. Aber Kathia ist zu quirlig, um zu schweigen. Sie hat eine Sprungfeder unter der Zunge. Mittlerweile liebe ich auch das und fange meinerseits beim Frühstück mit einem Gespräch an. Stellen Sie sich das, lieber Herr Dr. Mondmann, nicht ganz so trocken intellektuell vor. Denn es kann auch passieren, dass ich bei einem

Gespräch über die Cassinischen Kurven bemerke, wie sich bei Kathia… nein, nein, das sage ich nicht. Aber dann ist die intellektuelle Diskussion beendet und die Kommunion der Zärtlichkeit beginnt. Sie sehen, wieviel Faszinierendes an dieser Frau ist.

Bei Anja läuft das alles viel gemütlicher ab. Sie ist so, wie ich mal war. Das ist wohltuend, entspannend. Ich habe das auch nach wie vor gern. Ich liebe es, auch mit ihr zusammen zu sein. Sie ist sozusagen eine alte Heimat, während es bei Kathia eher der Aufbruch des Kolumbus übers Meer ist. Gemütlichkeit gegen Herausforderung, wobei ich um Himmels Willen nicht sagen will, dass es bei Kathia ungemütlich ist. Nein, nein. Es ist nur anders. Ich bin bei Kathia zu mehr Disziplin angehalten. Sie verabscheut den Alkohol, während ich mir bei Anja selig ein paar Döschen aufmachen kann. Das gibt eine lockere Atmosphäre, die ich gern habe, deren Grenzen ich aber mit meiner Suchtanfälligkeit leicht überschreite. So sind beide Frauen ein Spiegelbild meines zerrissenen Inneren. Es sind zwei Polaritäten. Ich kann weder von der einen noch von der anderen lassen. Ich liebe beide, ich brauche beide. Ich bin in jenem Zustand, den mein Namensvetter Schrödinger mit seinem Paradoxon beschreibt.

Aber bin ich es wirklich noch? Bin ich wirklich noch in diesem Zustand? Nein! Das hat sich irgendwie verändert. Es stimmt nicht mehr, dass, bin ich bei der einen, sehne ich mich nach der anderen. Nein, bin ich bei Kathia, bin ich nur bei Kathia. Bin ich bei Anja, bin ich nur bei Anja. Wobei die Verhältnisse so sind, dass Kathia meine Geliebte ist und Anja eine geliebte Freundin. Oh, ist das missverständlich! Ich muss deutlicher werden. Ich schlafe mit Kathia, aber nicht mit Anja. Und so ganz stimmt das auch nicht. Ich hatte Ihnen ja in einem der vorigen Kapitel erzählt, wie ich einmal traurig von Limburg nach Hause gefahren bin und dann Anja eingeladen habe. Ich habe mich von ihrem türkischen Bauchtanz hinreißen lassen und habe dabei eine große Genugtuung empfunden. Ich hatte überhaupt kein schlechtes Gewissen. Nun aber bemühe ich mich, die Verhältnisse sauber auseinander zu halten. Ob das gutgeht? Beide Frauen sind verdammt attraktiv, und es wäre mein größtes Glück, mit beiden auf einem Bauernhof zusammen zu leben.

Die so geschilderten Verhältnisse und Beziehungen mögen fragil sein, und das größte Unglück, das mich treffen könnte, wäre, beide zu verlieren. Kathia scheint die Beziehung zu Anja zu tolerieren, aber Anja erweist sich manchmal als ziemlich eifersüchtig. Ich bin nur ein Mann und weiß nicht, was in den Frauen seelisch vor sich geht. Ich kann mich mit meiner Einschätzung gewaltig vertun. Davor habe ich Angst. Keine von beiden will ich verlieren. Sie werden mir da gewiss einen hilfreichen Rat geben können. Ach, es ist so vieles zu erzählen. Was ich Ihnen nicht vorenthalten will, ist das folgende Schlaglicht.

8

Sie wissen, dass wir immer noch in Corona-Zeiten leben. Ich sage Ihnen auch frank und frei meine Einstellung. Ich halte die ganze Geschichte für einen gigantischen Irrtum, weiß aber nicht, was wirklich dahinter steckt. Ich empöre mich über die Maskenpflicht, über die

Aushebelung des Grundgesetzes. Ich bin traurig über die Dummheit eines geängstigten und manipulierten, willfährigen Volkes. Glauben Sie mir, ich kenne die Expertisen der namhaftesten Virologen, die aufzeigen, was für ein Unsinn derzeit geschieht. Es soll jetzt aber nicht um meine Einstellung gehen, sondern um Kathias und Anjas. Beide sind mit mir d'accord, dass Corona betreffend ein Wahnsinn abläuft. Aber beide sind es in bezeichnend unterschiedlicher Weise.

Anja sagt: „Ich will von dem Quatsch nichts wissen." In erfrischender Weise kümmert sie sich nicht um das Problem. Der befohlene Kontaktabstand ist ihr egal. Um einkaufen zu können, zieht sie eben eine Maske auf, weil sie ohne Maske eben nicht einkaufen könnte. Über Leute, die außerhalb des Supermarktes eine Maske tragen, macht sie sich lustig. „Die spinnen ja!" Womit ich ihr sehr recht gebe. Mit diesem Statement „Die spinnen ja!" ist für sie die Coronakrise abgetan.

Anders dagegen Kathia. Sie sagt auch: „Die spinnen ja!", aber sie geht aufklärerisch und spirituell dagegen vor. Sie informiert mit Texten und Videos, geht mit mir auch zu Demos, die die

Aushebelung des Grundgesetzes anprangern. Mir hilft das bei der Einschätzung der angeblichen Pandemie. So lernte ich bei einer Koblenzer Demonstration die auf Regierungstreue getrimmte und verfälschende Reportage des Fernsehens kennen. Die Demonstration verlief absolut friedlich, aber in den Nachrichten eines Fernsehsenders wurde von Festnahmen durch die Polizei berichtet. Was überhaupt nicht stimmte. Kathia entlarvt, klärt auf. Anja zeigt den Vogel und will ihre Ruhe haben. Beide Einstellungen finde ich sympathisch. Ich würde auch, Corona betreffend, am liebsten allen den Vogel zeigen und meine Ruhe vor dem Wahnsinn haben, neige aber zugleich Kathia zu und nehme diese Corona-Geisteskrankheit nicht so einfach hin. Es drängt mich auch zum Widerspruch, zur Aufklärung und zur Rebellion. Die Aufklärung geht dabei in eine spirituelle Tiefe, denn vor hundert Jahren wurde diese Krise, die eine geistige ist, bereits vorhergesagt und erklärt. Das sind Einsichten, die ich Kathia verdanke und für die ich sie auch liebe. Ach ja, und wissen Sie, was das Seltsame an Kathias

Widerstand ist: Sie geht ohne Maske einkaufen und niemand wagt, etwas zu sagen. Sie macht das mit einer bezaubernden Selbstverständlichkeit. Wahrscheinlich denken die Leute, dass sie ein ärztliches Attest hat und so handeln darf.

Nun, lieber Herr Dr. Mondmann, ist nicht alles Gold, was glänzt. Es gibt auch im spirituellen Bereich Erlebnisse, die mich verunsichern. Aber das mag an mir liegen und meiner begrenzten Wahrnehmung. Klar ist für mich, dass die Natur belebt ist. Und wie! Von Bäumen geht zum Beispiel eine Kraft und Intelligenz aus, die sich der ,normale' Mensch nicht vorstellen kann. Aber dass es Zwerge und Elfen im Wald gibt? Mag sein. Vorsichtigerweise würde ich eher von Elementarkräften sprechen. Ob von Elementarwesen? Ich weiß nicht. Da bricht bei mir wieder der alte Physiker durch. Dennoch: Ich bin einen Monat lang in der Morgendämmerung an die Mündung der Mosel in den Rhein gegangen, weil solche Mündungsgebiete ein ganz besonderer Ort für Elementarwesen sein sollen. Mit dem Aufgang der Sonne saß ich dort auf einer Bank, um endlich mal einen Zwerg zu sehen. Das war im Mai. Dreißig Tage passierte nichts. Nur ab und zu wurde ein Hund spazieren geführt. Aber einmal, das war der 31. Mai, es war gegen Sieben, erblickte ich neben dem Reiterbild unseres seligen Kaiser Wilhelms tatsächlich einen Zwerg. Er schlenderte die Promenade entlang, näherte sich meiner Bank. Ich traute meinen Augen kaum. Er kam immer näher, bis ich mir schließlich ein Herz fasste und ihm zuwinkte. Ich dachte schon, in dem Moment, wo du ihm zuwinkst, verschwindet er. Aber so war es nicht. Er steuerte geradewegs auf meine Bank zu. Jetzt sah ich auch, dass er Zettel in der Hand trug. Und dann, als er vor mir stand, erkannte ich, dass es ein Liliputaner war. Er grüßte mich und überreichte mir einen Flyer, in dem um Spenden für Tiere in der Not gebeten wurde. Er arbeitete für einen Zirkus, der wegen der Coronakrise in eine existentielle Not geraten war. Beschämt habe ich ihm fünf Euro gegeben und natürlich nicht gesagt, wofür ich ihn anfangs gehalten hatte. Was die Existenz von Elementarwesen betrifft, zu denen auch die Elfen und die Nixen gehören, hat mich dieses Erlebnis gewaltig hin und her geschleudert zwischen Wissen und

Glauben. Es kann sein, dass es einfach an meiner Unfähigkeit liegt, Elementarwesen wahrzunehmen. Es kann aber auch sein, dass es sie gar nicht gibt. Ich bescheide mich hier mit dem Spruch des Sokrates: „Ich weiß, dass ich nichts weiß." Ich würde gerne einmal einen Zwerg treffen, mich mit einer Elfe unterhalten oder mich herzzerreißend in eine Meerjungfrau verlieben. Ach, Unsinn! Verzeihung! Die reale Existenz von Kathia und Anja ist mir doch tausendmal lieber. Es ist doch viel schöner, verlässlich die Wärme weiblicher Haut zu spüren.

An dem Ereignis mit dem Liliputaner, lieber Herr Dr. Mondmann, sehen Sie auch wieder meine Zerrissenheit, was das Spirituelle betrifft. Aber bevor Sie mich als einen allzu großen Zweifler abstempeln, erzähle ich Ihnen noch von einer anderen Begebenheit, die nicht so komisch ist wie diese.

9

Sie lesen nun von einem typischen Frühstücksgespräch bei Kathia um halb Neun. Die Tischtafel ist bunt angerichtet, ich meine natürlich sehr reichhaltig. Zehn Käsesorten, Pfeffersalami, verschiedene Marmeladen, Honig, diverse Pestos, frisches Brot vom Hofladen des Bauern und natürlich erst kürzlich gelegte Eier von fröhlichen, freilaufenden Hühnern. Mittendrin auf dem Tisch ein Kerzenständer aus Bronze mit einer brennenden Kerze.

Kathia: „Die Kerze ist nur da, weil wir sie wahrnehmen."

Josef: „Die ist auch noch da, wenn wir auf den Flur gehen und sie nicht mehr sehen."

Kathia: „Nein, dann ist sie nicht mehr da. Die Wahrnehmung fehlt."

Josef: „Aber stell dir vor, es sitzen noch andere mit am Tisch und sind Zeugen, dass sie während unserer Abwesenheit immer noch da ist. Und wenn keine Zeugen da sind, ist die Kerze trotzdem da. Wie soll sie denn wegkommen? Durch einen Dieb, der plötzlich durchs Fenster klettert und sie stiehlt?"

Kathia: „Die Dinge existieren nur durch unsere Wahrnehmung. Ohne diese Wahrnehmung sind sie nicht da."

Josef: „Wenn kein Mensch auf der Welt wäre, wäre die Welt trotzdem da."

Kathia springt auf vom Stuhl und ruft: „Oh, danke! Du hast jetzt den Gottesbeweis geliefert."

Ich habe das nicht verstanden und nicht weiter nachgefragt: „Wie meinst du das? Warum ein Gottesbeweis?" Ich wollte einfach in Ruhe weiter Kaffee trinken und war noch schläfrig. Außerdem bin ich, obwohl ich von Beruf Physiker bin, etwas langsam von Begriff. Besonders wenn es um geistige Vorgänge geht. Aber am Abend, da war ich wieder bei mir zu Hause und habe über Kathias Ausruf nachgedacht. Aber ja, sie hat recht, dachte ich. Hätte Gott die Welt ohne den Menschen geschaffen, also ohne ein Wesen mit Bewusstsein, wäre das fürchterlich langweilig. Gott braucht also ein Wesen, das mit ihm zusammen sieht, wie schön alles ist. Ein Wesen, das ihn dafür auch liebt und lieben darf. Diese Liebe ist natürlich freiwillig, wie es einfach in der Natur der Liebe liegt. Man kann Gott lieben. Man kann es auch lassen. Das lässt er einem frei. Genauso ist es auch mit den ethischen Entscheidungen. Man kann Bankräuber werden oder Studienrat. Da hat jeder freie Wahl. Also zum Gottesbeweis: Da es den Menschen gibt, der mit seinem Bewusstsein die Welt wahrnimmt, muss es auch Gott geben. Ich denke, Kathia hat das sofort so aufgefasst. Ich habe aber später nicht mehr darüber gesprochen, weil mir ein Spruch der Hildegard von Bingen einfiel: „Gott kann nicht nach Menschenart durchsiebt werden."

Sie sehen, lieber Herr Dr. Mondmann, wie gehaltvoll ein Frühstück mit Kathia sein kann. Bei Anja gibt es so eine Tafel nicht. Da steht man auf aus dem Bett. Es gibt Kaffee. Ich bekomme, falls ich überhaupt will, ein Brot zugeschoben, und dann ist Ruhe. Man kann gemütlich ohne einen intellektuellen Salto in den Tag gleiten. Das ist auch schön. Ist der Kaffee alle, wird ein Zigarettchen geraucht. Anja legt sich aufs Sofa, nimmt ein Heft mit Kreuzworträtseln und arbeitet daran. ‚Sitz des Papstes mit sieben Buchstaben?' Hat sie natürlich sofort. Vatikan. Bei den schwierigen Sachen fragt sie mich. Aber meistens weiß ich das auch nicht. Es sei denn, es kommt etwas Lateinisches, was ich von früher, von der Schule her noch weiß. Zum Beispiel ‚also' auf Latein. Da rufe ich „ergo!" und bin froh etwas zur Lösung beigesteuert zu haben. So ein

Frühstück kann lange dauern, aber anschließend kommt richtig Aktivität. Wir gehen Billard spielen. Dann entbrennt immer ein Kampf mit der schwarzen Kugel. Wer versenkt sie zuerst? Anja ist richtig gut. Sie betritt die Spielhalle mit einem kleinen Koffer, in dem ihr eigener Queue ist. Das sieht profimäßig aus. Meinen Billardstock muss ich mir an der Theke immer ausleihen. Ist Billard vorbei, gehen wir Tennis spielen. Anja bindet sich ein rotes Tuch um die Stirn und sieht richtig gefährlich aus. Ist sie auch. Mit ihrer Vorhand knallt sie mir die Bälle um die Ohren. Sie sehen also: Viel Spaß und Spiel mit Anja. Aber – und das ist das Vertrackte – mit Kathia auch. Schach und Tennis. Beim Tennis spielt sie elegant wie eine Balletttänzerin. Sehr schön anzuschauen. Sie sehen, lieber Herr Dr. Mondmann, ich spiele sehr gerne und kann mich nicht entscheiden, wen ich da lieber habe.

Übrigens haben beide Frauen auch Humor. Anja und ich verkleiden uns manchmal. Da muss kein Karneval sein. Zum Beispiel machen wir uns die Gesichter schwarz und schlüpfen in die Rolle eines Negerpärchens. Verzeihen Sie den Ausdruck. Ich weiß, er ist nicht korrekt, aber ich finde ihn süß. Warum soll ich nicht mehr ‚Negerkuss‛ sagen dürfen. ‚Schokoschaum‛ klingt dagegen doch ziemlich blöd. Zu Kathias Humor jedoch im Folgenden ein ganz eigenes Kapitel.

10

Einmal kam Kathia mit dem Zug von einer Berliner Konferenz zurück. In Köln stieg sie um in den RE nach Koblenz. Dort sollte ich sie abholen. Per Handy waren wir in Verbindung und ich wusste, wo ungefähr im Zug sie saß. Ich bin in Bonn zugestiegen. Aber wie! Von Anja hatte ich mir eine blonde Perücke geliehen, ein rotes Hütchen, ein langes geblümtes Kleid, Netzstrümpfe. Ich trug weiße Hand-schuhe, hatte eine Sonnenbrille mit großen Gläsern vor Augen, hatte mir neue, türkisfarbene Tennisschuhe gekauft, die Kathia noch nicht kannte. Natürlich musste ich im Zug wegen Corona auch eine Maske über Nase und Mund tragen. Ich spielte eine ältere Tante oder auch Tunte. In einem Secondhand-Laden hatte ich mir eine Krücke gekauft, um etwas hilflos und älter zu wirken. Ach ja, auch eine Handtasche hatte ich mir über den Arm gehängt. Und als i-Tüpfelchen obendrein hatte mir Anja ihren Bruno, den Mops ausgeliehen.

Das Warten auf dem Bonner Bahnsteig war mir etwas peinlich, da ich so unverhohlen angestarrt wurde. Eine so auffällig gekleidete Dame mit Krücke und Mops hatte man noch nicht gesehen. Bestimmt haben die Leute gedacht: „Die Alte hat einen Schuss!" Aber wer hat den nicht in Corona-Zeiten!?

Der Zug kam. Ich steuerte gezielt auf den Wagen in der Mitte zu, stieg ein und fand Kathia alsbald alleine in einem Viererabteil am Fenster sitzen. Ich setzte mich ihr gegenüber, nahm Bruno auf den Schoß, kramte in der Handtasche, gab dem Mops ein Leckerli. Kathia beobachtete das amüsiert und ich war erleichtert, dass sie mich nicht erkannt hatte. Ich bemerkte, wie sie auch die Stirn in Falten legte und versuchte, die seltsame Tunte einzuordnen. Da sie von Natur aus sehr kommunikativ ist, begann sie ein Gespräch. „Wie heißt denn der kleine Hund?"

Sprechen durfte ich natürlich nicht. Ich zeigte auf meine beiden Ohren und auch den Mund, was so viel bedeutete, dass ich taubstumm bin. Aber um das Gespräch in Gang zu bringen, holte ich aus der Handtasche einen Block und einen Kuli und schrieb: „Bin taubstumm, kann aber Lippen lesen. Wollen Sie etwas wissen, schreibe ich es Ihnen auf den Block. Der Mops heißt Bruno. Ich bin die Else."

Ich hielt ihr den Block vor die Augen. Sie las und sagte dann: „Kathia."

„Ein wunderbarer Name", schrieb ich. „Sehr liebenswert."

Ich zeigte ihr das Geschriebene, holte dann aus der Handtasche eine Dose mit ,Ricola', bot ihr ein Bonbon an. Ich wusste, es sind Kathias Lieblingsbonbons. Ein leichtes Erstaunen flog über ihr Gesicht. Sie sagte: „Danke, sehr nett!" und griff zu.

„Wohin fahren Sie?" fragte sie.

„Nach Koblenz", schrieb ich. „Dort werde ich von einem Freund abgeholt."

„Ich auch", sagte sie.

„Ich arbeite mit ihm an einem Buch über Zwerge und Elfen", schrieb ich.

Kathias Augen wurden schmal. „Oh, hoffentlich hat sie jetzt keinen Verdacht geschöpft!" dachte ich. Aber sie fragte nur zurück: „Haben Sie schon welche gesehen?"

„Aber ja", schrieb ich. „Ich habe zehn Jahre in Köln gewohnt. Da kamen immer sieben von ihnen und haben meine Wohnung aufgeräumt."

Da hat sie sich köstlich amüsiert und gelacht.

„Wie schön!" sagte sie. „Da haben Sie aber Glück gehabt. Mein Freund macht immer nur Unordnung und räumt nichts weg. Heinzelmännchen gibt es wohl nur in Köln."

„Ja", schrieb ich. „Mein Freund ist genauso. Chaos in der Küche, Strümpfe irgendwo auf dem Boden. Dass man Teller spülen und abtrocknen kann, davon hat er noch nie gehört."

So wurden wir zu Leidensgenossinnen und ich fügte meinem Text noch hinzu:

„Finden Sie nicht auch, dass Männer manchmal richtig blöd sind?"

Sie schüttelte den Kopf und sagte: „Nein. Sie haben nur ein paar Eigenarten oder meinetwegen auch Unarten. Aber missen möchte ich sie nicht."

Das fand ich richtig gut von ihr. Die Zeit von Bonn nach Koblenz verging wie im Flug. So etwas Kurzweiliges und Spannendes hatte ich noch nie erlebt.

In Koblenz bin ich direkt hinter ihr ausgestiegen, blieb dann auf dem Bahnsteig neben ihr stehen. Sie sah sich suchend um. Ich mich auch. Sie suchte Josef Schrödinger, der neben ihr stand. Als ich ihre Enttäuschung bemerkte, sagte ich:

„Es ist doch kein Verlass auf diesen Josef! Aber soweit ich weiß, ist er schon da."

Da hat Kathia die Hände vors Gesicht geschlagen und hörte nicht mehr auf zu lachen. „Du blöder, abgefeimter Idiot!" hat sie gesagt und mich innig geküsst. Was die Leute auf dem Bahnsteig da dachten, das war ihr und mir ziemlich egal.

„Wo hast du denn den Hund her?" hat sie gefragt.

An der Stelle, muss ich gestehen, habe ich etwas gelogen. Ich mochte nicht sagen, dass Anja so nett war, mir ihren Mops auszuleihen.

„Der ist aus dem Tierheim", antwortete ich. „Ich muss ihn Morgen zurückbringen."

11

Jetzt, lieber Herr Dr. Mondmann, wo ich das alles schreibe, sind beide Frauen für eine ganze Woche weg. Oh, wie mir das schwerfällt! Nicht das Schreiben, sondern die Abwesenheit der Weiblichkeit. Es ist der dritte Tag, an dem sie weg sind. Kathia in Berlin, mal wieder, und Anja nach Holland an die Nordsee.

„Ich muss über einiges nachdenken", hat sie gesagt.

„Nimm mich doch mit!" habe ich vorgeschlagen.

„Nein, nein!" hat sie geantwortet. „Du bist ja der Gegenstand meines Nachdenkens."

Das klingt gar nicht gut. Ich befürchte, sie gibt sich mit dem ‚status quo' nicht zufrieden, wird sich distanzieren und einen anderen Mann suchen. Bei ihrer erotischen Ausstrahlung wird das nicht schwer sein. Seltsam, dass mir das gegen den Strich geht, obgleich ich überhaupt keine Einwände haben dürfte. Deshalb bemühe ich mich, das zu verstehen und gutzuheißen. Ich habe aber keine Ahnung, wie man sich innerlich so strukturiert, dass man Anjas möglichen Entschluss liebevoll begrüßt und ihr viel Erfolg wünscht. Da steckt ein kleines Teufelchen in mir, das so etwas verhindern will. Ich hänge ja immer noch an diesem Weib. Manchmal denke ich darüber nach, ob ich früher schon einmal gelebt habe und als Scheich, Emir oder König einen Harem hatte und nichts davon hergeben wollte. Natürlich kann ich das nicht herausfinden, weil einem nach einer hebräischen Legende ein Engel bei der Geburt alle Erinnerung wegküsst.

Ja, lieber Herr Dr. Mondmann, mit der Eifersucht ist das so eine Sache. Ich kann mir das gar nicht so richtig erklären. Kathia sagt, sie kenne keine Eifersucht. Ich habe Anja davon erzählt und sie meinte, dann liebt sie dich auch nicht richtig. Das hat mich sehr verunsichert. Liebe ohne Eifersucht. Gibt es das? Ist Kathia eine abgeklärte Heilige? Dass sie eine ganz besondere geistige Entwicklung genommen hat, ist mir schon klar. Aber kann das so weit gehen? Wenn Sie mir da raten könnten, wäre das sehr schön. Denn, wie gesagt, das verunsichert mich gewaltig. Ich kenne das gar nicht anders, als dass Liebe und Eifersucht zusammengehören. Stellen Sie sich vor, ich liege mit Anja im Bett. Kathia kommt überraschend, sie hat ja einen Schlüssel für meine Wohnung, sieht uns da liegen und sagt: „Oh, Entschuldigung! Soll ich euch für nachher schon mal einen Kaffee machen?"

Welch wunderbare Abgeklärtheit wäre das! Oder wäre das ein Wunder, das es gar nicht gibt?

Aber darüber wollte ich in diesem Kapitel gar nicht schreiben, sondern über eine seltsame Begegnung dieses dritten Tages, an dem beide weg sind. Da ich es alleine in meiner Wohnung nicht mehr ausgehalten habe, es war ein Sonntag, bin ich von Koblenz nach Andernach gefahren, um mich dort am Marktplatz draußen vor ein Café zu setzen, einen Espresso zu trinken, eine Zigarette zu rauchen und andere Menschen zu sehen. Dass man wegen der Corona-Krise dazu seine Personalien, also Name, Adresse, Geburtsdatum und Telefonnummer angeben muss, stört mich nicht. Die machen das, wie Sie sicherlich wissen, um Infektionsketten aufzuspüren. Gott sei Dank werden die Personalien nicht überprüft. Man muss also keinen Ausweis zeigen. Ich habe mir den Namen eines Mitarbeiters im Koblenzer Ordnungsamt gemerkt und auch die Telefonnummer. Diese Angaben mache ich. Sollen die sich doch selbst anrufen im Falle eines Falles. Entschuldigung! Ich schweife wieder ab, will mich gar nicht über den Corona-Wahnsinn auslassen.

Gut, ich sitze also vor dem Café. Am Nachbartisch eine hübsche Schwarzhaarige um die Fünfzig. Sie ist hippiemäßig gekleidet. Rote Pluderhose, bunt ornamentierte weite Bluse, sehr schöne, mit kleinen Perlen und Muscheln bestickte Sandaletten an den nackten Füßen. Und dann geschieht das Seltsame. Sie schaut zu mir herüber, lächelt und sagt:

„Sie haben ein Problem."

Sie hat zweifellos recht und hat das gut erkannt. Wegen der Abwesenheit von Kathia und Anja war ich wahrhaftig nicht bester Laune, habe wahrscheinlich griesgrämig vor mich hingesehen. Wegen dieser ungewöhnlichen Einmischung war ich nun überhaupt nicht beleidigt, sondern freute mich, eventuell ein Gespräch beginnen zu können. So antwortete ich:

„Sie haben völlig recht. Ich schlage mich mit Schrödingers Katze herum."

Da hat sie laut gelacht und gesagt: „Na, so was!"

Das klang so, als wüsste sie über dieses Gedankenexperiment Bescheid.

„Sie kennen Schrödingers Katze?" fragte ich.

„Aber ja! Von Berufs wegen."

„Physikerin?"

„Nein. Schamanin. Ich habe eine Praxis für Quantenheilung. Da kennt man diese Katze."

Quantenheilung? Hatte ich noch nie gehört. Und so fragte ich: „Was ist das denn?"

„Darf ich mich zu Ihnen setzen? Dann kann ich Ihnen das erklären."

„Ja, bitte!"

Sie kam an meinen Tisch, setzte sich neben mich.

„Also, ich heile mit Energie, Licht, Schwingung und der Information der universellen Matrix. Durch die Vernetzung mit dieser Matrix, durch die Verbindung mit den kosmischen Kräften, mit den evolutionären Frequenzen hebe ich das Bewusstsein, löse Blockaden und lege unentdeckte Potentiale frei. Statt sich vom Verstand leiten zu lassen, übernimmt nun die innere Weisheit die Führung."

Ich muss sie mit offenem Mund angesehen haben wegen dieses

Trommelfeuers an Begriffen. Sie lächelte und meinte:

„Na ja, ein bisschen viel für einen, der noch nie davon gehört hat. Aber kommen Sie doch in meine Praxis hier in Andernach. Ich mache auch Einzelsitzungen."

Aus der Brusttasche ihrer Bluse zog sie eine Visitenkarte, legte sie vor mich hin.

„Auf meiner Website können Sie sich informieren. Da finden Sie, was Quantenheilung bewirkt und bedeutet."

Ich studierte die Karte, las ‚Quantenschamanin Lavinia, Mediale Heilquelle'. Die Adresse war angegeben, Telefonnummer, Website. Ich steckte die Karte ein, murmelte vor mich hin: „Was für eine seltsame Zeit! Esoterik und Corona!"

„Sie wissen, was der Sinn von Corona ist?" fragte sie.

„Nein."

„Das ist vom Universum geschickt, damit im Bewusstsein der Menschen eine neue Zeit anbrechen kann."

„So, so!" sagte ich. „Ich habe keine Ahnung. Ich habe ein ganz anderes Problem."

„Welches?"

„Da kann ich hier nicht drüber reden."

Natürlich hätte ich darüber reden können. Aber ich dachte, erzähle lieber nicht, dass du dich mit zwei Frauen herumschlägst. Vielleicht ist diese Schamanin ja der Befreiungsschlag. Halt also die Klappe, lieber Josef. Schreck Lavinia nicht gleich ab. Vielleicht hat der Himmel sie gerade jetzt geschickt, wo Kathia und Anja weg sind. Ich weiß, lieber Herr Dr. Mondmann, das sind nicht gerade gute und ehrenvolle Gedanken. Aber Sie sagten ja, ich solle ehrlich sein. Und diese Lavinia ist ausgesprochen hübsch und hat eine angenehme, warme Stimme, die ich gerne höre. Klar, ich träume wieder, kenne sie erst seit ein paar Minuten, weiß nichts von ihr, außer dass ich vielleicht in einen spirituellen Strudel gerate. Was soll das für eine Matrix sein, an die sie mich anbinden will? Keine Ahnung. Nun ja, um das alles jetzt abzukürzen: Ich habe die Website zu Hause studiert und überlege mir, ob ich hundert Euro für eine Einzelsitzung ausgeben soll. Vielleicht übersteigt eine Schamanin als Dritte im Bunde meine Fähigkeiten und führt mich vollends ins Chaos. Vielleicht hat sie mit mir auch nur geredet, weil sie Klienten braucht. Hundert Euro für eine esoterische Einzelsitzung kann ich mir als knapp bezahlter Stromableser kaum leisten.

12

Ich leide unter der Abwesenheit der beiden Frauen. Kann ich mit mir selber denn nichts anfangen? Bin ich wie eine Kugel, der man die Hälfte geklaut hat und die dann nicht mehr rollen kann, sondern nur noch herumrumpelt? Wäre es nicht besser, wie ein Buddha lächelnd und distanziert über diesem Beziehungsstress zu stehen? Aber wie macht man das? Keine Ahnung. Ich bin hilflos. Kann vielleicht nicht doch die Matrix helfen, die Schamanin?

Es ist Montagmorgen, sieben Uhr. In einer Stunde muss ich wieder Strom ablesen. Bei einer Tasse Kaffee fahre ich den Computer hoch, gehe ins Online-Banking. Es ist Mitte Juli. Ich habe noch 187 Euro auf dem Konto, im Portemonnaie noch 12. Gehen hundert für Lavinia weg, bleiben mir für die zweite Hälfte des Monats nur noch 99 Euro. Das macht sechs

Euro pro Tag. Ich bin kein Freund von Trockenfutter, aber mit Milch und Haferflocken käme ich über die Runde. Bier und Tabak werden gestrichen. Kann ich das? Wahrscheinlich nicht. Und wenn Kathia und Anja bei mir sind, womit soll ich sie bewirten? Frische Blumen kann ich auch nicht mehr auf den Tisch stellen. Das ließe sich aber lösen. Es gibt Wiesen, wo jetzt wunderschöne Margeriten wachsen. Da kann man sich einen hübschen Strauß zusammenstellen. Es müssen ja nicht immer gekaufte Rosen sein. Auch die öden Haferflocken könnte ich vermeiden. Es gibt im Internet Supermärkte, die Lebensmittel mit abgelaufenem Haltbarkeitsdatum verkaufen. Da bekommt man sogenannte ‚Retterboxen'. Da sind sogar richtige Delikatessen drin. Man wird ja nicht gleich sterben, wenn so etwas abgelaufen ist. Ich könnte nicht nur sparen, sondern auch helfen, die unsinnige Vernichtung von Lebensmitteln zu vermeiden. Blumen von der Wiese und Retterboxen aus dem Internet. Da könnte ich mir Lavinia leisten und käme über die Runden. Beim Bier kein ‚Budweiser', sondern Döschen mit ‚Perlenbacher' oder ‚Paderborner'. Und pro Dose bekäme ich

25 Cent als Pfand zurück. Beim Tabak allerdings keine Kompromisse. Es muss der indianische sein ohne Zusatzstoffe. Ich könnte etwas weniger in die Hülsen stopfen. Das wäre nicht ungesund. Bliebe noch das Problem mit dem teuren Zugticket zu Kathia nach Limburg. Aber die 50 Kilometer von Koblenz dorthin könnte ich mit dem Rad fahren. Die Lahn entlang, das wäre sogar schön.

Ich kalkuliere das alles durch und komme zu dem Ergebnis, dass ich es mit einer Quantenheilung durchaus versuchen könnte, ohne zu verhungern und auf eine nette Bewirtung von Kathia und Anja zu verzichten. Was Anja vorhat, weiß ich sowieso nicht. Dieser Besuch fällt vielleicht, was ich tief bedauern würde, weg.

An diesem Montagmorgen mache ich wie gewohnt meine Koblenzer Runde, notiere mir die Zählerstände, überrede zwei Rentner, den Anbieter zu wechseln. Um elf mache ich eine Pause, setze mich auf eine Bank am Deutschen Eck und rufe Lavinia an. Sie ist sofort am Apparat und ich freue mich, ihre angenehme, warme Stimme zu hören. Wir vereinbaren eine erste Sitzung für den Dienstagabend um 19

Uhr. Von meinem Liebesproblem werde ich ihr nichts erzählen. Ich habe ihr gesagt, dass ich an einer Nikotinentwöhnung per Matrix interessiert bin. Vielleicht will ich das ja wirklich. Und vielleicht werde ich mir nicht nur die Zigaretten abgewöhnen, sondern auch das Leiden an meinen beiden Frauen.

13

Lavinia hat ihre Praxis in der Kastanienallee, ein paar hundert Meter südlich vom Andernacher Bahnhof. ‚Praxis' ist ziemlich übertrieben, denn in dem Fachwerkhäuschen hat sie für die Sitzungen nur ein recht kleines Zimmer mit einer Liege, zwei Stühlen, einem CD-Player, einer Trommel. Auf der Fensterbank steht eine Aromalampe mit einer Kerze und einem Fläschchen Lavendelöl daneben. An der Wand neben der Liege hängt ein indianischer Traumfänger. Ihm gegenüber ein groß-formatiges Plakat mit einem Vogel, der mit ausgebreiteten Schwingen unter der Sonne schwebt. Ein Praxisschild an der Hauswand oder an der Tür hat Lavinia nicht. Nur ein einfaches Klingelschild, auf dem ‚Schamanische Heilerin Lavinia' steht. Ich bin an diesem frühen Dienstagabend mit dem Zug gefahren, war etwas nervös, da ich nicht wusste, worauf ich mich bei einer Schamanin einlasse. „Vielleicht, lieber Josef", dachte ich, „versenkt sie dich in Hypnose und verzaubert dich."

Aber diese Sorge war unbegründet. Lavinia, die in einem türkisfarbenen langen Rock und einer weißen Bluse hinreißend aussah, empfing mich herzlich wie einen alten Bekannten. Ich musste im Flur meine Schuhe ausziehen und wurde dann in das eben beschriebene Zimmerchen geführt. Sie erklärte mir, was sie eine Stunde lang mit mir anstellen würde. Mich mit der Matrix des Universums verbinden, Blockaden und belastende Verknüpfungen des Karmas lösen.

Ich musste mich auf der Liege ausstrecken, die Augen schließen, die Arme seitwärts an den Körper legen. Eine sanfte psychedelische Musik erklang. Der Duft von Lavendelöl durchzog den Raum, und Lavinia legte ihre warmen Hände auf meine Wangen.

Dass ich mir das Rauchen abgewöhnen wollte, daran dachte ich gar nicht mehr. Mich faszinierte und verwunderte der helle Lichtkanal, der in einem inneren Bild aufging und die ganze Zeit blieb. Er sah aus wie der Schlauch eines Tornados, und er drehte sich. Später erklärte mir Lavinia, das sei die Verbindung zur Matrix gewesen.

„Warum nennt man das eigentlich Quantenheilung?" wollte ich wissen. „Was hat es denn mit den Quanten aus der Physik zu tun?"

„Ganz einfach", erwiderte sie. „Weil die Heilung feinstofflich geschieht. So wie das Licht aus feinstofflichen Quanten besteht. Es ist eine Analogie."

Mit dieser Antwort gab ich mich zufrieden, fühlte mich nach der Sitzung ausgeglichen, entspannt. Was mich verblüfft hat, ist, dass ich dieses innere Bild vom Lichtkanal ohne Lavinia als Medium nicht herbeirufen konnte, so sehr ich mich auch zu Hause mit geschlossenen Augen darum bemühte. Das war eine ganz neue Erfahrung.

„An der spirituellen Welt ist ja doch etwas dran", dachte ich. Lavinia ist der Beweis.

Ja, lieber Herr Dr. Mondmann, und noch etwas ist passiert. Ich habe mich in Lavinia verliebt. Meine Güte! Jetzt sind es drei Frauen. Was mache ich nur? Mit Zweien geht es schon nicht gut. Mit Dreien erst recht nicht. Das wächst mir über den Kopf. Obwohl… mit Lavinia ist ja noch nichts passiert. Ich habe sie auch noch nicht zum Kaffee eingeladen und weiß gar nicht, ob sie mich überhaupt mag. Aber ich spüre ein großes Begehren. Kathia und Anja liebe ich aber nach wie vor genauso und könnte sie nicht aufgeben. Ja, jetzt helfen Sie mir mal! Ich weiß überhaupt nicht mehr, was ich machen soll. Ich kann mich weder mit dem Herzen noch mit dem Kopf entscheiden. Mit dem Kopf schon gar nicht.

Ich drucke das, was ich geschrieben habe, jetzt aus und bringe es zur Post. Manches habe ich vielleicht vergessen. Aber ich bin jetzt des Schreibens müde. Das liegt vor allem auch daran, dass ich es kaum aushalte, ohne Kathia und Anja zu sein. Wie gesagt: Da bin ich nur eine halbe Kugel und rumpel so vor mich hin.

In der Hoffnung, recht bald von Ihnen zu hören und einen guten Rat zu bekommen, verbleibe ich mit herzlichen Grüßen.

Ihr Josef Schrödinger

Antwort von Dr. Eugen Mondmann
Brief vom 2. September 2020

Lieber Josef Schrödinger, danke erst einmal für Ihren ausführlichen Bericht. Da ich nicht mehr offiziell als Psychiater arbeite, darf ich Ihnen sagen: „Sie sind schon ein seltsamer Vogel." In meiner Praxis hätte ich solche Worte gegenüber einem Klienten natürlich nie benutzt. Aber bei Ihnen mache ich eine Ausnahme.

Wie kann man nur, habe ich gedacht, als Zwanzigjähriger eine 92 Jahre alte Nepalesin mit nach Deutschland nehmen wollen!? Das ist ja mehr als unvernünftig. Das ist geradezu absurd. Auf der anderen Seite hat es mich aber auch berührt, wie Sie an einer schon etwas älteren Dame die weibliche Schönheit entdecken und sich davon ansprechen lassen. Das kann ich verstehen. Gerade im Himalaya gibt es sogar Hundertjährige mit einer schier unglaublichen Ausstrahlung.

Ihr Dilemma kann ich auch verstehen, versichere Ihnen aber, dass Sie weiterhin von einem gemeinsamen Leben mit den beiden Frauen nur träumen werden. Egal, ob auf einem schönen Bauernhof oder sonst wo. Solche Geschichten gehen selten gut. Lesen Sie das einmal nach bei George Sand oder Lou Andreas Salomé. Beide sind übrigens Frauen, auch wenn sie sich einen männlichen Vornamen gegeben haben. Wenn schon ein so herausragender Philosoph wie Friedrich Nietzsche an diesem Problem scheitert, dann Sie erst recht. Was die ménage à trois betrifft, die Dreiecksbeziehung, lesen Sie bitte auch Goethes Theaterstück ‚Stella‘ oder auch Rousseaus Briefroman ‚Julie ou La Nouvelle Héloïse‘. Die harmonische Dreiecksbeziehung ist eine schwer umsetzbare Utopie, auch wenn sie in unserer abgestumpft bürgerlichen Zeit wie ein revolutionäres, attraktives Manifest wirken mag. Dabei mögen Sie durchaus Recht haben, dass die Liebe als die größte aller Tugenden teilbar ist. Wenn man hasst, so nimmt man sich etwas. Wenn man liebt, wird man um das reicher, was man liebt.

Mir will jedoch scheinen, Sie verlieben sich sehr leicht, sind über das gesunde Maß hinaus empfänglich für weibliche Schönheit, flattern hin und her bzw. wollen alle behalten. Ob das mit einer vorgeburtlichen Existenz zusammenhängt, also dass Sie einmal Scheich oder König mit einem Harem waren, kann ich nicht beurteilen.

Auf Ihr Suchtproblem will ich nicht eingehen. Sie sehen ja selbst, wohin es geführt hat. Vom Physiker zum Stromableser. Und fast hätten Sie nicht nur sich selbst, sondern auch beide Frauen verloren. Was ich Ihnen für das Dilemma mit den Beiden rate: Lieben Sie ruhig beide. Aber eine nur erotisch und die andere platonisch. Sonst gibt es viel Ärger. Und vor allem, mein Lieber, braucht so etwas Zeit. Für Sie und für die Frau. Sie müssen da auch loslassen können. Daran hapert es nämlich, wie ich einigen Ihrer Bemerkungen entnehme. Man kann einen Menschen nicht besitzen wollen. Dazu neigen Sie leider. Und auch zum Selbstmitleid. Was macht es denn schon, wenn beide Frauen mal für eine Weile weg sind? Da muss man doch nicht jammern und hilflos zerfließen. Immerhin, das haben Sie nicht vollständig gemacht. Sonst hätten Sie Ihren Bericht nicht schreiben können.

Was ich noch sagen will: Ich entdecke bei Ihrer Beschreibung eine große Faszination für das Weibliche. Das ist eigentlich nicht schlimm, aber in Ihrem Fall scheint mir das gefährlich zu sein. Ich empfehle Ihnen deshalb eine Transformation zur Marienverehrung. Da sind Sie auf der sicheren Seite.

Oder aber ein anderer Ratschlag: Ziehen Sie sich mit einem Zelt für ein paar Tage in die Einsamkeit der Natur zurück. Die Natur hat auch eine gewisse Weiblichkeit, beruhigt und stürzt Sie nicht in Konflikte, solange Sie sich nicht am Rand eines Vulkans aufhalten oder ein durch Tsunamis gefährdetes Gebiet aufsuchen. Ebenso sollten Sie Alaska vermeiden, damit Sie in der Nacht kein Bär heimsucht. Ich schlage Ihnen den Laacher See vor. Der ist ja auch nicht so weit von Koblenz entfernt. Zelten Sie dort, meditieren Sie, blicken Sie auf das schöne Kloster und genießen Sie die Stille der Natur. Werden Sie ruhig wie der See. Dann wird Ihnen die richtige Eingebung zuteil werden, wie Sie sich in Ihrem merkwürdigen Konflikt verhalten sollen.

Ob der Besuch bei der Schamanin eine gute Idee war? Vielleicht. Denn nun scheinen Sie zu wissen, dass es neben oder meinetwegen auch über der rein materiellen Lebenshaltung auch eine spirituelle gibt. Das ist keine kleine Erfahrung, kein kleiner Gewinn. Setzen Sie ihn nicht aufs Spiel, indem Sie schon wieder glauben, sich verliebt zu haben.

Was Ihre Haltung gegenüber Frauen betrifft, lege ich Ihnen den letzten Brief des Franz von Assisi besonders ans Herz. Lesen Sie das ganze Buch, aus dem dieser Brief, den ich für Sie persönlich abschreibe, stammt. Das Buch heißt ‚Geliebte Klara'. Es ist von Ulrich Schaffer. Lesen Sie es und beherzigen Sie diesen letzten Brief. Hier geht es um wahre Liebe und wahren Respekt.

„Geliebte Klara,
als ich in Ägypten war und darauf wartete, von dem Sultan Al-Kamil vorgeladen zu werden, schickte man eine junge wunderschöne Frau zu mir. Sie sollte oder wollte sich mir hingeben. Vielleicht

wollten mich die Sarazenen prüfen oder gar versuchen oder erfreuen. Ich weiß es nicht. Als die junge Frau sich zu mir setzte, wich ich nicht zurück. Ich traute mir und mußte vor mir keine Angst haben und darum brauchte ich vor ihr keine Angst zu haben. Weil wir nicht dieselbe Sprache sprachen, konnten wir nicht miteinander reden. Ich aber redete trotzdem und segnete Sie. Als ich das auch mit der Sprache meines Körpers tat, indem ich meine Arme ausbreitete, berührte ich Sie; und sofort wollte Sie sich ausziehen um für mich da zu sein. Ich gebot Ihr Einhalt. Erst schien Sie erschrocken zu sein, als meinte ich, Sie wäre nicht schön genug. Vielleicht hatte Sie auch Angst, daß ich Sie schlechtmachen würde bei denen, die Sie geschickt hatten. Ich versuchte Ihr deutlich zu machen, daß ich Ihr Herz liebte und darum nicht Ihren Körper brauchte. Sie beruhigte sich, schien aber unzufrieden zu sein. Dann saßen wir lange nebeneinander. Einer Eingebung folgend wandte ich mich Ihr plötzlich zu und legte meine Hand auf eine Ihrer Brüste, so vorsichtig ich konnte. Ich tat es ohne nachzudenken, nur von innen geleitet. Es war für mich selbst eine Überraschung, daß ich es tat. Ich spürte Sie und sah Sie an. Gott war in meiner Hand – vielleicht mehr als in den Worten meiner Predigten. Gott floß durch meine Hand hindurch. Durch mich kam Gott zu einem Menschen und durch Gott kam Mensch zu Mensch. Es war, als taute etwas in dieser Sarazenin auf. Mit Ihren Augen schien Sie noch einmal zurückzugehn zu unseren Bewegungen und zu meinen Worten der letzten Augenblicke. Jetzt schien Sie zu verstehen, wie ich Sie sah und legte ihre Hand auf meine und neigte sich mir zu. So verharrten wir lange. Der Friede Gottes durchzog uns. Der Körper wurde geehrt und der Geist kam dazu und staunte über die Einheit. Noch ein paar Jahre früher wäre ich dazu unfähig gewesen. Ich hätte Angst vor soviel Nähe zu einer fremden Frau gehabt. Ich hätte mich vor Ihr schützen müssen. Erst später habe ich verstanden, daß ich dadurch, daß ich meine Hand auf Ihre Brust legte, ihr Frausein segnete. In meiner Hand war nicht Begehren, sondern Liebe, auch Liebe für Ihren Körper. Da begann Sie zuerst leise zu weinen. Ihre Tränen flossen und ich spürte, daß Sie sich selbst lieben durfte, ohne damit gleich eine Versuchung für einen Mann zu sein. Dann schluchzte Sie heftiger und es schien, als flösse Sie mit Ihren Tränen davon – zu mir hin und gleichzeitig zu sich selbst. In dieser Bewegung war Gott. Wenn wir zu uns finden, indem wir loslassen, öffnen wir uns Gott auf eine unsägliche Weise. Als ich Ihr am nächsten Tag begegnete und wir uns grüßten, da gab es ein stilles Einvernehmen zwischen uns, weil wir beide die Würde des Menschen erlebt hatten."

Sie sehen, lieber Josef Schrödinger, wie in diesem Brief das Personalpronomen groß geschrieben wird. Lösen Sie Ihr Frauen-Problem mit Würde und Respekt. Ehren Sie auch Ihren Körper und lassen Sie den Geist dazukommen, damit eine Einheit entsteht. Jammern und betäuben Sie sich nicht! Wenn Sie wollen, so schreiben Sie mir bitte weiter und berichten, wie der Konflikt ausgegangen ist. Denn ein bisschen neugierig bin ich schon. So einen komischen Vogel lernt man auch als Psychiater nicht jeden Tag kennen.

Dr. Eugen Mondmann

14

Lieber Herr Dr. Mondmann, seien Sie bitte nicht überrascht, wenn ich jetzt schon wieder schreibe und meine Einordnung in Kapitel beibehalte. Schließlich bin ich von Natur oder sagen wir besser von der Ausbildung her ein Physiker, bei dem es eigentlich ordentlich zugehen müsste. Sie wollten ja wissen, wie es mit mir bzw. mit Kathia und Anja weitergegangen ist. Ach ja, natürlich bedanke ich mich für Ihren langen Brief und die Ratschläge, die Sie mir erteilt haben. Ich habe versucht, einiges umzusetzen. Mit welchem Erfolg oder auch Misserfolg werden Sie an meinem Bericht leicht erkennen können.

Eins vorweg: Dass ich mich in Lavinia verliebt habe, daraus ist rasch eine Ernüchterung geworden. Ich bin einige Male mit dem Rad nach Andernach gestrampelt, habe mich vor das Café gesetzt, wo auch Lavinia öfter hingeht. Zweimal saß ich vergeblich da, rauchte, mich vorsichtig umsehend und über den Marktplatz spähend, eine Zigarette. Sie sollte ja, käme sie, nicht sehen, dass die Sitzung bei ihr nur ein Alibi war. Oh, je, dann kam jener fatale Samstag, als ich wieder dort saß. Ich hatte meine Personalien wegen Corona aufgeschrieben und wieder mal den Namen und die Adresse eines Mitarbeiters des Ordnungsamtes angegeben, damit die sich im Falle eines Falles selber anrufen. An jenem Nachmittag aber kamen zwei von ihnen in das Café, ein Mann und eine blonde, recht hübsche Frau, ließen sich die Liste der Gäste aushändigen und überprüften an den Tischen die Personalien. Hier muss ich hinzufügen: Die Tische waren nummeriert. Der Deutsche liebt leider die strenge Ordnung. Sie kamen bald auch an Tisch Nummer 5, wo ich saß und auf Lavinia wartete.

„Ihren Personalausweis bitte!" sagte die Frau. Ich zögerte, überlegte, ob ich einfach behaupten sollte, ich hätte ihn nicht dabei. Aber dann fiel mir ein, dass das viel Theater gegeben hätte. In so einem Fall rufen sie nämlich die Polizei und dann wird es noch schlimmer. Ich zieh also dann doch meinen Ausweis aus dem Portemonnaie, reiche ihn ihr. Sie liest, stutzt, sagt:

„Guck mal, Helmut, der Typ hat deinen Namen angegeben."

Sie wirft einen Blick auf die Liste. „Deine Telefonnummer hat er auch benutzt. Das ist ja an Dreistigkeit nicht zu überbieten."

Sie notiert sich meine Personalien, gibt mir den Ausweis zurück. „Sie werden von uns hören", sagt sie zum Abschied. „Solche Falschangaben sind strafbar. Sie sind verpflichtet, Ihre richtigen Daten anzugeben, damit wir die Infektionskette verfolgen können. Was Sie gemacht haben, ist verantwortungslos und gefährdet das Leben Ihrer Mitmenschen."

„Mit welchem Bußgeld muss ich denn rechnen?" frage ich.

„In so einem Fall vierstellig!" ist die Antwort. „Und seien Sie froh, wenn Sie unter Umständen an einem Gerichtsverfahren vorbeikommen."

Danach sind sie zu den Tischen 6 und 7 gegangen. Dort war wohl alles in Ordnung. Aus Gehorsam nehmen die Leute anscheinend lieber eine Quarantäne in Kauf.

Schon vier Tage später flatterte ein Bußgeldbescheid in meinen Briefkasten. 1200 Euro soll ich bezahlen. Als Physiker hätte ich das verkraftet. In meinem neuen Job ist das zu viel. Ich weiß noch nicht, wie ich das bewältigen kann. Vielleicht durch Ratenzahlung. Vielleicht beantrage ich auch Insolvenz. Von dem Wenigen, was ich verdiene, können sie mir ja nichts nehmen. Einen Anwalt kann ich mir auch nicht leisten. Soviel erst mal zu meiner finanziellen Lage.

Sie können sich vorstellen, wie geknickt ich bei meinem Kaffee saß. Und jetzt, lieber Herr Dr. Mondmann geht es weiter. Ein Unglück kommt ja selten allein. Ich rauchte, sinnierte vor mich hin, achtete nicht mehr darauf, wer über den Marktplatz ging. Es waren nur fünf Minuten, da stand plötzlich Lavinia neben mir. Sie war in Begleitung eines Mannes, der seinen Arm um sie gelegt hatte.

„Ich glaube, wir müssen noch eine Sitzung machen", sagte sie. „Sie hängen ja wieder an dem Glimmstengel."

„Ich häng nicht nur an dem Glimmstengel", antwortete ich. „Ich hänge völlig in der Sch… Das Ordnungsamt war gerade hier. Ich hatte falsche Personalien angegeben. Das wird teuer. Eine weitere Sitzung müssten Sie für Gotteslohn machen."

„Meine Frau arbeitet nicht umsonst", sagte der Typ neben ihr. Er hatte die

Augen etwas zusammengezogen und sah mich an, als wolle er bei meinem nächsten falschen Wort zuschlagen.

„Schon gut", meinte ich. „Dann rauche ich eben weiter."

Das Kapitel Lavinia, das noch gar nicht richtig begonnen hatte, war damit beendet.

15

Verehrter Herr Dr. Mondmann! Zwei Ihrer Ratschläge habe ich befolgt bzw. versucht sie zu befolgen. Ich war in der Koblenzer St. Kastor Kirche. Sie haben dort eine allerliebste Marienfigur aus dem 13. Jahrhundert. Sie zählt, wie ich weiß, zu den sogenannten ‚schönen Madonnen' des Mittelrheins. Ein anmutiger, femininer Wurf des Gewandes, ein zugewandtes freundliches Gesicht, eine sympathische Mütterlichkeit, weiblich durch und durch und der Jesusknabe scherzt und spielt auf ihrem Arm. Sehr, sehr ansprechend. Aber leider steht bei der Skulptur „Bitte nicht berühren!" Wie Sie wissen, ist das nichts für mich. Mir will die Flucht in das rein Verehrende, Platonische nicht gelingen. Ich muss etwas anfassen können, die

Wärme der Haut verspüren und noch ein bisschen mehr. Also lass ich in diesem Fall das Geistige oder Geistliche. Möge es für den Papst, die Kardinäle, die Bischöfe, die Priester, die Mönche gut sein. Mich erfasst nur die Schwermut.

Befolgt habe ich auch den Ratschlag, mich in die Weiblichkeit der Natur zu begeben. Ich habe ein Zelt auf das Fahrrad gepackt und bin an den Laacher See gefahren. Im Rucksack, da ich mich kenne, war auch ein Fläschchen Wein. Ich habe mein Lager an einer versteckten Uferstelle aufgeschlagen, blickte auf den See und das gegenüber liegende Kloster. Nein, ruhig wurde ich nicht, auch wenn die Umgebung sehr schön war. Kathia hatte mich übrigens darauf hingewiesen, dass wir zur Zeit eine besondere Konstellation der Planeten haben, wie sie sehr selten vorkommt. Sie hat das die Planeten-Parade genannt. Das habe ich nachts und dann am dämmrigen Morgen beobachtet. Zuerst kam der volle Mond, gefolgt von Jupiter und Saturn. Um vier Uhr in der Nacht erschien Mars. Und dann in der Morgendämmerung eine noch strahlende Venus, die dem Mond, der schon am Horizont versunken war, nacheilte. Bei der

Venus wurde ich ganz melancholisch, entkorkte die Flasche Wein und gab mich im Anblick der von Scheinwerfern bestrahlten Türme der Klosterkirche einer süßen Melancholie hin. Die Sehnsucht nach beiden, nach Kathia und nach Anja, wurde übermächtig. Ich rätselte, wie die Mönche da drüben ohne eine Frau leben können. Was muss man da abtöten oder als Gegengewicht ins Leben rufen? Ich weiß es nicht. „Gib nicht so leicht auf, Junge!" sagte ich mir. „Eine Wandlung kommt nicht in fünf Minuten."

In der Morgendämmerung versuchte ich meine Gefühle abzukühlen und wollte ein Bad im See nehmen. Aber ich kam nicht dazu. Kaum hatte ich den Fuß ins Wasser gesteckt, da griff mich ein heimtückischer Schwan von hinten an und hat seinen Schnabel gegen meine rechte Pobacke gehackt. Ich war zutiefst erschrocken, hatte aber Gott sei Dank keine Wunde, sondern mehr nur den Schmerz des Schreckens. Da das Tier, das sich offensichtlich gestört fühlte und sein Revier verteidigen wollte, nicht von mir abließ, sondern mich drohend umkreiste, habe ich auf das Bad verzichtet und mich wieder in mein Zelt zurückgezogen. Am

Vormittag bin ich dann nach Hause zurückgeradelt und habe den Versuch aufgegeben, die Natur als Ersatz für Weiblichkeit zu suchen.

Als ich zu Hause meine Pobacke abtastete und mit einem zweiten Spiegel begutachtete, entdeckte ich, dass dort auch eine Zecke saß. Ich habe Anja angerufen und sie um Hilfe gebeten.

„Ich war am Laacher See", habe ich gesagt, „und mir an einer ungünstigen Stelle, an die ich nicht richtig herankomme, eine Zecke eingefangen. Kannst du mir bitte helfen?"

Sie hat gelacht. „Geschieht dir recht", meinte sie." Aber eine halbe Stunde später ist sie gekommen.

„Was machst du nur am Laacher See?" fragte sie.

„Ich wollte meditieren", habe ich geantwortet.

„So, so. Und der blaue Knutschfleck neben der Zecke? Wo kommt der denn her?"

„Das war ein Schwan", sagte ich.

„Lass dir mal was Besseres einfallen!"

Die Zecke, die sich schon vollgesaugt hatte, hat sie mit den Nägeln von Daumen und Zeigefinger gepackt und herausgezupft. Dabei fiel der Schädling auf den Teppich, wo wir den kleinen, schwarzen, nur nadelkopfgroßen Punkt knieend finden wollten.

„Was suchst du nur in der Natur, Josef?" fragte mich Anja.

Da habe ich bemerkt, wie unter ihrem T-Shirt die Brustnippel groß wurden.

Ich habe mich zu ihr gebeugt, sie sanft gestreichelt und geantwortet: „Das und nur das!"

16

Ach, Herr Dr. Mondmann, ich bin ratlos. Ich verstehe ja den Brief des Franziskus und es ist sehr anrührend, wie er die Frau respektvoll und mit verständnisvoller Liebe behandelt. Ich allerdings, legte ich die Hand auf die Brust einer Frau, so bliebe es in meinen Wünschen nicht dabei und ich wollte mehr. Ich bin noch nicht so weit und weiß nicht, ob ich überhaupt so weit kommen will. Die Entsagung ist schwer. Liegt sie überhaupt in der Natur des Menschen? Ich kann mich ja noch nicht einmal entscheiden. Wie soll das gehen, wenn man zwei Frauen liebt und für eine Entscheidung eine verletzen muss. So lass ich wie gelähmt den Dingen einfach ihren Lauf. Möge das Schicksal eine Entscheidung herbeiführen. Eine Entscheidung mit der eigenen Willenskraft zu fällen ist grausam und mir unmöglich. Soll ich das Los werfen? Das geht doch auch nicht.

Mir fällt Lessings Ringparabel ein, aus dem Drama ‚Nathan der Weise‘. Das ist noch aus der Schulzeit hängen geblieben. Erinnere ich mich recht, so hat ein Vater drei Söhne, die er gleichermaßen liebt. Einem aber nur kann er einen kostbaren Ring geben, ein wertvolles Familien-erbstück. Er bringt es nicht übers Herz einen Sohn zu bevorzugen und die beiden anderen hintan zu setzen. So lässt er zwei weitere Ringe fertigen, die dem Erbstück täuschend ähnlich sehen und nicht von ihm zu unterscheiden sind.

Oh, wie kann ich diesen Vater verstehen! Komme ich mir doch vor wie ein Mann, der zwei besondere Schmuckstücke hat, einen blauen Saphir und einen roten Rubin und beide in gleicher Weise liebt. Er darf aber nur ein Schmuckstück tragen. Für welches entscheidet er sich? Er weiß es nicht. Trägt er den blauen Saphir, vermisst er den roten Rubin. Trägt er den Rubin, sehnt er sich nach dem Saphir. Das ist ja gerade so wie Schrödingers Paradoxon von der Katze. Also muss ein ‚sowohl als auch' her. Der Mann mit den Edelsteinen muss beide, den Saphir und den Rubin, in eine gemeinsame Schmuckfassung bringen. Dann hat er nur ein Schmuckstück. Aber wie macht man das mit zwei Frauen? Ich weiß es nicht. Ich lasse, wie gesagt, den Dingen ihren Lauf. Ist Kathia abwesend, verbringe ich meine Zeit mit Anja. Kathia dürfte nichts dagegen haben. Sie kennt ja keine Eifersucht. Bei Anja indes liegt das etwas anders. Sie ist, was mir ein ganz natürlicher Zug zu sein scheint, eifersüchtig, will nicht teilen. Also erzähle ich ihr nichts davon, wenn ich bei Kathia bin oder sie bei mir. Ich muss, was mir widerwärtig ist, Ausreden finden. Ich habe noch nicht den Mut, die Verhältnisse offen darzulegen. Ich fürchte mich davor, beide zu verlieren. Die Ausreden machen mir ein schlechtes Gewissen. Ich kann es nicht beruhigen, indem ich auf die bürgerliche Moral schimpfe. Warum soll ich nicht zwei Frauen lieben können? Was soll dieses dumme Modell von der Monogamie? Für einen Vater mit acht Kleinkindern ist es sinnvoll, damit die Arbeitsgemeinschaft mit seiner Ehefrau nicht auseinander bricht. Aber in meinem Fall? Ich habe noch nicht einmal für einen Hund zu sorgen, bin frei für die Empfängnis der Schönheit und Femininität. Wie hätte ich verhindern können, dass ich mich in Kathia verliebe? Soll ich sagen: „Du dummes Herz, was machst du da!?" Wie soll ich verhindern, dass ich Lavinia attraktiv finde? Entkorke ich eine Flasche guten Weins, dann will ich auch davon trinken und nicht nur das Aroma schnuppern. Oder hinkt so ein Vergleich? Ich weiß es nicht. War nicht unser guter Schiller in der gleichen Situation? Ich hatte einmal einen Film gesehen, ‚Die geliebten Schwestern'. Da will der liebe Friedrich eine Ehe zu Dritt führen. Mit Charlotte und mit Caroline. Da die Schwestern sich geschworen hatten, alles miteinander zu teilen, schien mir das auch eine gewisse, durchaus nicht utopische Basis zu haben. Aber Kathia und Anja sind leider keine unzertrennlichen Schwestern. Sie sind sich noch nie begegnet und Gott verhüte es!

17

Abwechselnd bin ich bei Kathia oder bei Anja oder jeweils eine ist bei mir. Sind sie bei mir, bin ich etwas unruhig und hoffe, dass die jeweils andere nicht von irgendeinem Impuls geleitet erscheinen möge. Das Handy ist auf lautlos gestellt, das Festnetz abgekoppelt, die Türklingel ausgeschaltet. Indes ist das etwas nutzlos, da beide einen Schlüssel zu meiner Wohnung haben. Es ist eine schreckliche Verlegenheit, die mich belastet. Ich beuge mit Ausreden vor, erkläre mich mal unpässlich, mal anderweitig beschäftigt und aushäusig. Moralisch peinigt mich das. Aber stellen Sie sich vor: Ich bin wie ein Vater, der zwei Töchter hat, die er beide liebt, und dann kommt das Jugendamt und sagt, er müsse eine abgeben. Er kann es nicht. Er kann sich nicht entscheiden. Ebenso geht es mir. Ich kann mich nicht entscheiden und will es auch nicht. Sehen Sie: Beide sind so wunderbar unterschiedlich und zugleich so liebenswert. Ich will Ihnen das an einem Ereignis einmal schildern.

Es ist ein Samstag. Kathia kommt morgens nach Koblenz, weil sie von dort mit dem Zug zu einem Seminar nach Berlin fahren will. Wir treffen uns im ‚Café köstlich' in Nähe des Hauptbahnhofs zum Frühstück. Kathia erzählt von der ‚Philosophie der Freiheit'. Ich kenne das Buch nicht, höre aufmerksam zu, stelle einige Zwischenfragen, von denen ich hoffe, dass sie halbwegs intelligent sind. So geraten wir in ein Gespräch, und das Seltsame ist, dass sich die Verliebtheit steigert. Es ist für mich einfach wunderbar mit einer geliebten Frau so zu reden. Zugleich hätte ich dabei das Bedürfnis, mir eine Zigarette anzuzünden und zum Kaffee einen Grappa zu bestellen. Das mit der Zigarette geht in dem Café nicht und ein Grappa am Morgen würde Kathia schockieren. So kommt also für mich eine gewisse Unbequemlichkeit hinzu. Gleichwohl verhindert das nicht, dass wir uns später auf dem Bahnsteig umarmen und küssen wie zwei Teenager im Frühling.

Erfüllt von einer tiefen Liebe zu Kathia komme ich nach Hause und just in dem Moment, wo ich zur Tür rein will, fährt Anja mit ihrem blauen VW-Bus vor, kurbelt das Fenster runter, winkt, lacht und ruft: „Komm, wir fahren jetzt in die

Eifel. Ich kenne da ein wunderschönes Plätzchen."

„Moment!" sage ich. „Ich geh mir eben ein Döschen holen." Ich gehe nach nebenan in das Lottogeschäft, wo sie auch einen Kühlschrank haben mit eisgekühltem Pils. So steige ich in den VW-Bus, küsse Anja, weil ich auch sie herzlich liebe, und zünde mir, als sie losfährt, eine Zigarette an.

„Was für ein herrlicher Tag", meine ich. „Die Sonne scheint. Der Himmel ist blau und wir machen jetzt eine Fahrt. Du bist ja wie ein rettender Engel, bevor ich in Melancholie versinke."

„So, so!" kommentiert sie. „Ich will gar nicht wissen, wo du mal wieder herkommst."

Dann legt sie Reggaemusik auf. ‚Kalimba de Luna'. Ich genieße die Fahrt mit einem Döschen Bier in der Hand und der Zigarette. Es ist so herrlich entspannend. Wobei ich das Gespräch und die intellektuelle Anspannung mit Kathia überhaupt nicht herabsetzen will. Auch das war wunderbar und ist einfach eine andere Dimension. Ich brauche wohl abwechselnd beides so wie die Erde zwei Pole hat. Ach ja, lieber Herr Dr.

Mondmann, Anjas Auto ist so wunderbar unordentlich. Vorne kann man sitzen und hinten liegt alles Mögliche herum. Volle und leere Flaschen, Decken, ein Picknickkorb. Manchmal liegt auch ein Fahrrad quer. Da treten Sie auf eine einsame Gabel oder einen Plastiklöffel. Eine kleine Bibliothek ist dort versammelt, da Anja regelmäßig Büchervitrinen aufsucht und Lesbares tauscht. Sie liest sehr viel, hasst wie Kathia das verdummende, flache Fernsehprogramm. Kurzum: Die Fahrt in diesem Auto erinnert mich immer an den Song ‚Down Under' von ‚Men at Work'. „Travelling in a fried-out Kombi on a hippie trail, head full of zombie. I met a strange lady, she made me nervous. She took me in and gave me breakfast." Ein erfrischender Song im Reggaerhythmus. Wenn Sie noch nicht zu alt sind, hören Sie sich den einmal an. Dann packt Sie eine befreiende Abenteuerlust. Das ist wie ein Tanz unter der Sonne.

So fahren wir also in bester Laune in die Eifel zum Rodder Maar. Mein Abschiedsschmerz wegen Kathia ist verflogen, obgleich ich auch während dieser Fahrt immer an sie denken muss und mich darauf freue, wenn ich sie bei ihrer Rückkehr wieder auf dem Bahnsteig in die Arme schließen kann. Jetzt aber ist eben Anja da und sie ist in ihrer Lebenslustigkeit und Unbekümmertheit einfach sweet. Ich liebe diese Unordentlichkeit in dem VW-Bus. Übrigens hat sie in ihrer Wohnung auch eine Rumpelkammer, wo sie alles Mögliche abstellt. Aber wir sagen zu dem Zimmer nicht ‚Rumpelkammer‘ sondern sprechen gehoben vom ‚Atelier‘. Und ich sagte einmal bewundernd: „Endlich eine Frau, die was von Kunst versteht. Das ist ja wie von Joseph Beuys.“

Nun ja, angekommen am Rodder Maar haben wir keine Lust zum Wandern, setzen uns erst einmal zu einem Bierchen in den ‚Maarhof‘, d.h. wir sitzen draußen, weil wir ja beide rauchen wollen. Man hat dort einen wunderbaren Ausblick auf die Hügel und Wiesen der Eifel und die geheimnisvolle Burg Olbrück direkt vor Augen.

Auf einer der Wiesen kann man Swingolf spielen. Das ist wie richtiges Golf, nur mit leichteren und etwas größeren Bällen. Wir entschließen uns zu einem Versuch. Aber Herrje, wie schwer ist es, den Ball mit einem richtigen Abschlag zu treffen! Meist peitschen wir Grashalme hoch und kleine Erdbrocken. Vom Abschlag zum Loch ist es uns dann auch zu weit. Bei Bahn 2 brechen wir das Unternehmen ab. Wir finden es schließlich angenehmer, am Maar auf einer Decke zu sitzen und uns an einem Picknick zu erfreuen, für das Anja gesorgt hat. Oh, oh! Wo endet der Tag, an dem Kathia in Berlin ist und Anja schließlich am Abend bei mir. Muss ich ein schlechtes Gewissen haben? Ich habe doch schon mehrfach gesagt, dass ich wie ein kleiner Junge bin, der ohne seinen Teddybär nicht schlafen kann.

18

Oh ja, lieber Herr Dr. Mondmann, ich habe Angst, eine der Beiden zu verlieren oder sogar beide, was ja nicht unwahrscheinlich ist. Gedanken mache ich mir auch über mein moralisches Handeln. Ausreden zu erfinden oder meinen tatsächlichen Aufenthalt zu verschweigen verursacht eine große innere Unruhe, die mir nicht guttut. Theoretisch müsste ich mir keine Sorgen machen. Anja erklärte mir, dass man in unserem Alter das genießen sollte, was man hat. Und sie sagte sinngemäß, dass es bedeutungslos ist, was die bürgerliche Umwelt darüber denkt, was sie an Ratschlägen erteilt oder wie sie mit boshaftem Maul darüber lästert. Auch Kathia scheint mir Mut zu machen. Ich denke an ihren Spruch: „Ich kenne keine Eifersucht." Freilich kann das eine Behauptung sein, die an der Realität zerbricht.

Ich denke auch an unser Gespräch beim Frühstück im ‚Café köstlich'. Da ging es ja um die ‚Philosophie der Freiheit'. Insgesamt verstanden habe ich wenig. Da bin ich noch zu sehr Physiker, um bei erkenntnistheoretischen Darlegungen mithalten zu können. Das ist Kathias Domäne. Ich habe bei dem Gespräch nur das behalten, was mir für mein eigenes Dilemma nützlich oder hilfreich schien. Da ist z.B. der Satz: „Ein freies Wesen ist dasjenige, welches Wollen kann, was es selbst für richtig hält." Sicher, ich will beide behalten. Diese Handlung will ich und für diese Handlung will ich auch frei und offen sein. Aber ist es mit dem Wollen allein getan? Die Umsetzung hängt ja nicht nur von mir ab. Ein Veto von Frauenseite würde mein schönstes Wollen zunichte machen. Ich erinnere mich auch an den Satz: „Leben in der Liebe zum Handeln und leben lassen im Verständnisse fremden Wollens ist die Grundmaxime des freien Menschen." Also, wenn eine von beiden oder sogar beide mit meinem Wollen nicht einverstanden sind, so müsste ich ihr ‚fremdes Wollen' verstehen, um ein freier Mensch zu sein. Wie geht das? Bin ich überhaupt noch ein freier Mensch ohne die Beiden? Was habe ich von dieser Freiheit, die mir ohne Kathias und Anjas weibliche Wärme eine Eiseskälte zu sein scheint. Da mag ich zwar einen erkenntnistheoretischen Gipfel erreicht haben, hielte mich aber viel lieber unten im warmen Tal auf statt allein auf eisiger Höhe.

Theorie ist das eine, das praktische Resultat das andere. Auch wenn mir die Aussagen beider Frauen etwas Mut machen, könnte das Resultat doch ein ganz anderes sein. Wie schnell bekommt man kalte Füße! Stehe ich mit Schuhen am Ufer eines Gebirgsbaches, kann ich mir unbehelligt warme Gedanken machen, ihn barfuß zu durchqueren. Mache ich aber den ersten Schritt in das eiskalte Wasser, so mag ich zusammenzucken und mir überlegen, vom Erreichen der anderen Seite abzulassen. Ach ja, ich träume von einem Urlaub mit beiden. Wie schön wäre es, mit beiden an einem Meeresstrand entlang zu laufen und dann an einem einsamen Plätzchen gemeinsam in einer Dünenmulde zu liegen. Herrje, ich befürchte, es scheitert an der Eifersucht und am alleinigen besitzen wollen. Zudem weiß ich ja noch gar nicht, ob die Beiden sich mögen werden. Das wäre ja eine Voraussetzung für einen Urlaub zu Dritt. Oh, ich befürchte, dass ich mich in den Bereich des Märchens begebe, wo man so schön sagt: „Als das Wünschen noch geholfen hat…"

Was ich bei dem Toleranzgedanken akzeptieren müsste: Die beiden Frauen könnten ja sagen: „Was der Josef macht, das wollen wir auch. Der Josef allein ist zu wenig. Wir nehmen noch je einen weiteren Liebhaber für uns mit." Das hieße, wir wären zu Fünft, drei Männer und zwei Frauen. Kathia und Anja müssten indes jemanden finden, der sie so von Herzen liebt wie ich. Unmöglich ist das nicht. Aber dann müssten sich alle gut verstehen. Für mich sähe ich sogar den Vorteil, endlich mal wieder Skat spielen zu können. Entschuldigen Sie bitte, Herr Dr. Mondmann. Was für ein banaler Gedanke bei einem so ernsten Thema! Aber so bin ich nun mal. Ich denke immer an einen gewissen Genuss.

Ach ja, eine Fünfergruppe ist hoch kompliziert. Das ist ja die Dreiergruppierung schon. Gibt es nicht bereits eine erste Missstimmung, wenn Anja und ich uns in einem Strandcafé einen jungen Genever bestellen? Wie sieht es aus, wenn ich die Nacht mit Kathia verbringen will und Anja bleibt alleine? Sollen wir zu Dritt zusammenliegen? Ich hätte nichts dagegen.

So bewegen sich meine Gedanken hin und her. Nichts anderes geht mir mehr durch den Kopf als wie ich dieses mein Dilemma lösen kann. Nur gut, dass das Ablesen der Stromzähler ein eher mechanisches Geschäft ist, bei dem ich den Kopf nicht frei haben muss. Als Physiker wäre ich zur Zeit ein totaler Ausfall.

19

So sehr die Aussagen der beiden Frauen eine ménage à trois zu begünstigen scheinen, hege ich doch meine Zweifel. Kathias fehlende Eifersucht und ihr Lieblingsbuch ‚Philosophie der Freiheit‘ sind mir nicht geheuer. Und Anja ist instabil. Mal sagt sie: „Von mir aus kannst du zehn Frauen haben“, dann aber beklagt sie sich, dass sie sich wie eine Ware fühle.

„Erst werde ich gebraucht, dann nicht mehr.“

Dieses Gefühl kann ich nachvollziehen und muss es nicht mit philosophischen Überlegungen unterlaufen. Oder sie sagt:

„Ich will keinen Mann im Bett, der gedanklich bei einer anderen herumturnt.“

Sie wehrt sich manchmal gegen die Idee eines gemeinsamen Zusammenlebens.

„Deine nächste Kommune, mein Junge“, sagt sie, „ist das Altenheim.“

Auf die Dauer werden meine Ausreden zu mühsam, belastend, steigern sich in ihrer Wiederholung mehr und mehr zum Unglaubwürdigen. Wie raffiniert Frauen sein können, um eine Lösung oder Entlarvung herbeizuführen, habe ich bei meinem Arbeitskollegen und Freund

Franz erlebt. Der erzählte seiner Ehefrau, er müsse zu einer Konferenz nach Wien. In Wirklichkeit fuhr er nach Hamburg, quartierte sich mit seiner Freundin in einem noblen Hotel ein, hinterließ seine Adresse, gab die Freundin als Ehefrau aus. Die Freundin indes ‚vergaß' im Hotelzimmer ein Sortiment teurer Dessous der Größe 38. Das dienstbeflissene Hotel schickte diese in einem Päckchen plus Begleitzettel an die Ehefrau von Franz. Diese, nicht ganz so schlank wie Franzens Freundin, hatte die Größe 42 und war nie in dem Hotel gewesen. Nichtig war jetzt auch das tröstende Kompliment, das Franz seiner Frau ab und zu gemacht hatte: „Ist doch nicht schlimm, wenn du etwas in die Breite gehst. Das vergrößert die erotische Nutzfläche." Nun, am Abend hatte ich bei mir auf dem Balkon einen geflohenen und zerknirschten Franz sitzen, der erst nach der zwölften Dose Bier einschlummerte.

Ein anderer Fall war Herbert, der in seinem Smartphone die Nummern der Freundinnen mit Decknamen getarnt hatte. Angela fand sich unter ‚Auskunft', Brigitte unter ‚Bahnhof' und Theresa unter ‚Taxi'. Angela unter ‚Auskunft' zu führen war dumm, denn die Nummer der

Auskunft ist sehr bekannt. Und so kam, was kommen musste. Irgendwann, was man eigentlich nicht tut, kontrollierte die Ehefrau in einem günstigen Moment die Kontaktadressen ihres Mannes und war erstaunt über die Handynummer der Auskunft. Was lag näher, als sich die Nummer zu notieren und selbst die Auskunft anzurufen?! Auch Herbert landete bei mir auf dem Balkon.

Von diesen Fällen kenne ich einige. Stets ist es irgendwann schiefgegangen. Am längsten hatte es Klaus durchgehalten. Der hatte lange Arbeitszeiten vorgegaukelt, aß bei seiner Freundin um 18 Uhr zu Abend, erschien um 20 Uhr zu Hause, wo ihm die Ehefrau noch einmal ein Mahl auftischte, was Klaus nicht verweigern konnte. Er wurde immer dicker. Bis seine Frau schließlich mit einem schlanken Italiener durchbrannte. Auch Klaus saß bei mir auf dem Balkon und klagte sein Leid. Gegessen hat er natürlich nichts, nur getrunken.

Soll ich nun der Vierte sein, der einsam auf dem eigenen Balkon sitzt und sich den Kummer wegsäuft? Wie vermeide ich das? Die Lage ist brisant. Das ist eine Pulvermischung, die jederzeit hochgehen kann. Ob es mir gelingt, mit dem Pulver eine Rakete zu bauen, die elegant in den Himmel steigt und sich dort farbenfroh versprüht? Ich weiß es nicht. Es ist ungewiss. Nur eins weiß ich: Die Unehrlichkeit, diese verdammten Ausreden führen ins Unglück. Albert Camus' Roman ,Die Pest' fällt mir ein. Lange habe ich nichts mehr gelesen. Ich blättere in dem Buch und bleibe bei zwei Zitaten hängen: „Die Freiheit ist die letzte individuelle Leidenschaft. Deshalb ist sie heute unmoralisch." Und: „Die einzige Art, die Pest zu bekämpfen, ist die Ehrlichkeit."

Oh ja, lieber Herr Dr. Mondmann, und dann noch ein Zitat: „Das echte Gespräch bedeutet: Aus dem Ich heraustreten und an die Tür des Du klopfen."

Was also bleibt mir anderes übrig, als die Karten auf den Tisch zu legen? Fordert es nicht die Liebe, die ich für beide empfinde?

20

Was die Aufdeckung der Alibis und Ausreden betrifft, von denen ich zuvor sprach, so kann ich bei beiden Frauen unbesorgt sein. Kathia ist in dieser Hinsicht absolut integer und auch bei Anja würde ich niemals vermuten, dass sie heimlich mein Handy kontrolliert, den Anrufbeantworter meines Festnetzes abhört oder gar in Kathias Limburger Praxis erscheint, unschuldig fragt: „Sind Sie Kathia?", um dann fortzufahren: „Ach, wie schön! Ich möchte mit Ihnen über Josef reden."

Sie, lieber Herr Dr. Mondmann, mögen dieses Vertrauen für naiv halten, zumal ich mich im vorigen Kapitel über die Raffinesse der Frauen ausgelassen habe. Mit solchen Winkelzügen, die man vordergründig auch Durchtriebenheit nennen könnte, habe ich nicht zu rechnen. Es ist ja eher so, dass eine Frau, die das doppelgleisige Verhalten ihres Ehemannes oder Freundes aufdeckt, aus einer seelischen Not handelt und gar nicht anders kann. Diesen Kummer möchte ich keiner der beiden Frauen bereiten. Deshalb muss ein offenes Gespräch her. Ich zerbreche mir allerdings den Kopf, wie ich das anstelle. Ein spontanes Treffen zu Dritt? Oder zunächst eine Sondierung des Geländes in Einzelgesprächen und erst dann eine gemeinsame Gesprächsrunde?

Da ich etwas ungeduldig bin und mich das Verschweigen meiner Aufenthaltsorte bzw. auch die damit verbundenen Ausreden, wenn man mich fragt, wo ich war, zunehmend belasten, entscheide ich mich für das Treffen zu Dritt. Aber wo? An welchem Ort? Bei welcher Gelegenheit?

Wie delikat die ganze Geschichte ist, mögen Sie daran erkennen, dass ich hin und her schwanke. In dem einen Moment entscheide ich mich für ein sondierendes Einzelgespräch, und dann erscheint mir wieder ein spontanes Treffen zu Dritt besser. Aber kann ich etwa Kathia zu mir zum Abendessen einladen und ihr dann eröffnen: „Gleich kommt noch ein netter Besuch. Lass dich überraschen."? Das geht doch auch nicht. Also scheint es mir jetzt wieder angemessener, beiden zu eröffnen:

„Ich möchte euch zum Abendessen einladen. Es geht nicht nur um ein leckeres Essen, sondern auch um ein Gespräch zu Dritt." Dann hätten beide die Möglichkeit zu sagen: „Nein, das will ich nicht. Das ist mir zu unangenehm."

Ja, Herr Dr. Mondmann, so mach ich es. So halte ich es für fair. Dann würde niemand überrumpelt. Möglich ist natürlich auch, dass ich mich selber überrumpel, alleine bei einer üppigen Abendtafel sitze, weil beide es sich im letzten Moment anders überlegt haben. Ich weiß einfach nicht, wie das ausgeht. Das ist so unberechenbar wie der Quantensprung im Atom. Mit wem rede ich zuerst? Mit Kathia oder mit Anja? Ich entscheide mich für Anja, weil sich ihr Verhalten wie eine Sinuskurve, wie eine Wellenfunktion verändert. Mal ist sie lieb und verständig, dann wieder bockig und unberechenbar. Auf diesem Terrain müsste ich erst einmal Sicherheit gewinnen. Macht sie wirklich mit bei einem Treffen zu Dritt oder bekommt sie kalte Füße? Kathia dagegen ist immer an offenen Gesprächen interessiert und wäre, da bin ich mir sicher, damit einverstanden.

Ja, so werde ich es machen. Ich werde mit einer Flasche allerbesten Weines abends bei Anja auftauchen, an einem warmen, lauschigen Sommerabend, wo wir bei Kerzenlicht auf ihrem Balkon sitzen und in schöner Stimmung reden können. Ich werde ihr meine seelische Not bekennen, gestehen, wie sehr ich an ihr hänge, aber Kathia eben auch herzinniglich liebe. Muss eine Frau dafür nicht Verständnis haben und gerührt sein?

21

Ja, lieber Herr Dr. Mondmann, es ist eine seelische Not, zwei Frauen zu lieben. Es kommt aber auch ein Gewinn damit her. Kathia veranlasst mich, wieder wie früher viel zu lesen. Das letzte Buch, das ich aufgeschlagen hatte, das ist lange her. Was soll man als Physiker, als Naturwissenschaftler auch schon lesen? Da hält man sich lieber an nachvollziehbare, beweisbare Dinge. Da glaubt man, dass die Philosophie sich in einem Nebelraum bewegt und die Literatur Märchen erzählt. Seit meiner Degradierung zum Stromableser und meiner Beziehung zu Kathia ist aber ein Wandel eingetreten. Jetzt glaube ich, dass die Naturwissenschaft einen beschränkt macht, die Philosophie und Literatur aber neue, weite Räume eröffnen. So hatte ich ja schon von Camus' Roman ‚Die Pest' gesprochen, einem Buch, das mir vortrefflich in unsere verrückte Corona-Zeit zu passen scheint. Ich lese Goethe und Schiller, oh, wie scheinbar veraltet, und ich lese auch des Boethius ‚Trost der Philosophie'. Und ich studiere Sterns ‚Flucht vor dem Weib', das einen unglücklichen deuschen Titel hat und eher heißen müsste ‚Zur Pathologie des Zeitgeistes'.

Für mich ist diese angebliche Pandemie eine Kopfkrankheit. Die Menschen in Sicherheitsgewahrsam zu nehmen und über ihre Freiheit zu bestimmen ist mir unerträglich. Ich halte mich nicht an Abstandsregeln und Maskenpflicht, muss immerzu an die Redensart denken: „Wer einer Herde folgt, läuft Ärschen hinterher." Die Dummheit der Leute regt mich auf. Ich bin froh, dass Kathia und Anja ebenso denken wie ich.

Ach ja, an dieser Stelle muss ich Ihnen von einer merkwürdigen Begegnung berichten. Ich kenne eine recht attraktive, hoch gebildete Frau, die ich hier Margarete nennen will. Sie spielt wie ich gerne Schach, kommt aus Andernach, ist dort sogar in einem Schachverein. Sie rief mich neulich an, wollte mit mir spielen.

„Josef, draußen am Rheinufer, nicht in einem Café. Ich bringe Schachbrett, Figuren und ein Picknickkörbchen mit. Wir treffen uns am Deutschen Eck."

Bei unserem Treffen trug sie auch draußen stets eine Maske. Richtig begrüßen, ihr die Hand geben, durfte ich nicht. Am Anfang der Begegnung zog sie ein Büchlein aus der Tasche, knibbelte vorsichtig das Preisschild ab, sagte:

„Dieses Büchlein schenke ich dir."

Der Titel war ‚Goethes Weisheiten'. Ich bedankte mich erfreut, blätterte in den Sprüchen herum, meinte:

„Das ist aber lieb von dir."

Wir gingen zu einer Bank am Rheinufer. Sie setzte sich an das eine Ende. Ich musste mich mit gebührendem Abstand an das andere setzen. Ich drehte mein Gesicht zu ihr, wollte etwas sagen. Da machte sie eine abwehrende Handbewegung:

„Josef, sprich zum Rhein hin!"

Auf den Boden vor der Bank legte sie ein Schachfolie aus Kunststoff, stellte die Figuren auf. Während sie das tat, musste ich mich ein paar Meter entfernen. Auch beim Spielen selbst war das so. War ich am Zug, trat sie ein paar Meter vom Schachfeld zurück. War sie an der Reihe, musste ich Abstand halten. Da schon überlegte ich mir:

„Josef, hau einfach ab. Das wird nichts."

Aber dann war ich doch zu neugierig auf das Spiel und blieb und wunderte mich. Sie spielte miserabel. „Wie kann sie nur in einem Schachverein sein?" fragte ich mich. Sie verlor eine Figur nach der anderen und schob schließlich die verbliebenen mit der Fußspitze weiter, wobei ich mit fünf Metern Abstand zusah.

Als ihr einsamer König schließlich mattgesetzt war, sagte sie:

„Josef, gib mir bitte das Büchlein wieder. Das war gar nicht für dich."

Ich gab ihr ‚Goethes Weisheiten' natürlich zurück. Sie holte das Preisschild hervor, klebte es auf das Büchlein, steckte es in den Picknickkorb. Der Korb war übrigens recht mager bestückt. Ein Päckchen mit trockenen Plätzchen vom Aldi und zwei verschließbaren Becherchen mit schon abgekühltem Kaffee. Der Abschied fiel frostig aus. Wie auch anders, wenn man sich noch nicht einmal die Hand geben darf!

„Josef, die siehst du nie wieder!" sagte ich mir. „Sie ist zwar schön, hat aber einen Schuss."

Solche Begegnungen, lieber Herr Dr. Mondmann, kann man in Corona-Zeiten haben. Die Dame hat noch einige Male angerufen, aber zufälligerweise stets dann, wenn ich mein Handy ausgeschaltet hatte. Bei ihrem letzten Anruf hat sie mir auf die

Mobilbox geflötet: „Josef, lieber Josef, wo bist du?"

Nicht wahr, verehrter Doktor, diese Frau wäre doch ein Fall für Ihre Praxis gewesen. Ich jedenfalls wünsche mir keine Begegnung mehr mit ihr und mag mir gar nicht vorstellen, wie sie sich in einer Liebesnacht verhält. Da wacht man ja am Morgen verstört auf und verwechselt beim Frühstück das Salz mit dem Zucker.

Aber genug jetzt von den Corona-Verrücktheiten. Ich erzähle Ihnen nun lieber, wie es weiterging.

22

Nun, ich will meine beiden Frauen, Anja und Kathia, nicht im Gegensatz zu dieser Margarete über den grünen Klee loben. Bei Anja missfällt mir die kommunikative Bockigkeit, diese elenden Off-Phasen, wo sie sich, als würde sie mich nicht kennen, zurückzieht oder gar verschwindet. Bei Kathia ist es diese Strenge, mit der sie auf meine Schwachstellen reagiert. Ich bin nun mal dem Tabak zugeneigt und liebe es, ab und zu mit einem Döschen Bier und einer

Zigarette auf meinem Balkon zu sitzen oder, gehen wir abends in ein Restaurant, mir das Essen mit einem Glas Wein zu verfeinern. Ich nehme sehr viel Rücksicht auf Kathia, bestelle mir stattdessen alkoholfreies Bier, was ich eigentlich gar nicht will. Ist sie bei mir, gehe ich auf meinen Balkon, um eine Zigarette zu rauchen. Aber was passiert zum Beispiel, wenn sie noch beim Frühstück im Wohnzimmer sitzt und ich auf meinem (!) Balkon stehe? Sie springt empört vom Sofa auf, schlägt abwehrend die Balkontür zu. Weil angeblich der Rauch ins Zimmer zieht. Was Blödsinn ist. Denn vorher habe ich den Zeigefinger mit Spucke befeuchtet und ihn in den Wind gehalten. Der Wind weht straßenwärts und nicht ins Zimmer hinein. Sie kann also nicht den Rauch meinen. Ich habe eher den Verdacht, sie meint mich. In meiner eigenen Wohnung werde ich so behandelt und gemaßregelt. Geht das? Darf sie sich nachher entschuldigen, dass sie in solchen Situationen ein zorniges Temperament hat mit zu viel Sulfur? Muss ich mir das gefallen lassen? Darf sich die Liebe so weit demütigen lassen? Soll ich sagen: „Ich will nicht mehr sein, wie ich bin. Dir zum

Gefallen ändere ich mich. Komplett, vollständig, drehe mich bitte um!"

Liefere ich mich dann nicht endgültig der Verachtung aus, obwohl ich mich aus Liebe um tragbare Kompromisse bemühe?

Glauben Sie mir, ich lasse mich auf Verhaltensänderungen ein. Aber es gibt auch einen bekannten Spruch aus Grillparzers Novelle ‚Der arme Spielmann'. Der Spruch heißt: „Sunt certi denique fines!" Es gibt schließlich auch Grenzen.

Oder ich genehmige mir an einem heißen Nachmittag nach dem Tennisspielen ein Bier auf dem eigenen Balkon. Kathia sieht das, springt auf, packt ihre Tasche und fährt zu sich nach Hause. So ein Verhalten macht mich bei aller Liebe krank. Ich lasse mich in meinem fortgeschrittenen Alter nicht mehr von einer Frau erziehen. Ich verstehe nun, warum Männer früher sterben als Frauen. Sie verabschieden sich auf den Friedhof und wollen ihre Ruhe haben.

Oh ja, ich gehe Kompromisse ein. Die Zigaretten, die ich während eines Zusammenseins mit Kathia rauche, habe ich mir in einem Etui abgezählt. Sieben in 24 Stunden. Ich enthalte mich in ihrer

Gegenwart auch vollständig alkoholischer Getränke, befolge, wenn sie abwesend ist, lieber den Spruch, der auf den Dosen steht: „Bier bewusst genießen!"

Bei Anja sind solche Dinge sehr viel entspannter. Sie raucht mit und sagt auch bei einem Glas Wein nicht ‚Nein'. Und nach dem Essen gibt es zur Verdauungsförderung auch einen kleinen Wodka. Das finde ich schön und macht das Beisammensein angenehm. Wenn ich bei ihr aber von einer kommunikativen Bockigkeit spreche, ist damit nicht eine Aprillaune gemeint. Es ist eine herbe Lieblosigkeit. Ich leide darunter.

Ich will mich nicht weiter beklagen. Mit dem, was ich hier sage, will ich nur ausdrücken, dass nicht alles Gold ist, was glänzt. Mir macht nicht nur das Dilemma zu schaffen zwei Frauen zu lieben, sondern eben auch ihr Verhalten. Ich gewinne mehr und mehr Verständnis für Goethe, dem Christiane lieber war als Charlotte von Stein. Er wollte mehr auf des ‚Bettes lieblich knarrenden Ton' hören als sich einer Umerziehung zu unterwerfen. Bitte missdeuten Sie diese Bemerkung nicht. Goethe war nach meinem Gefühl sehr an einer Verständigung mit der Frau von Stein gelegen. Für sie hat er seine ,Italienische Reise' sozusagen mit der Schere zusammengeschnitten und die kulturbeflissenen Motive in den Vordergrund gestellt. Und ich verstehe auch Schiller, der sich schließlich für Charlotte entschied, weil sie ihm ein einfacheres und behaglicheres Leben ermöglichte. Dabei aber hatte er Caroline heiß und inniglich geliebt.

Ja, mein lieber Herr Dr. Mondmann, was mache ich nun? Ich gestehe, dass ich ratlos bin. Ich lasse mich weder von der einen umpolen noch von der anderen umklammern und brüskieren. Ab und zu, in einer empörten Stunde, sage ich mir: „Keine von beiden!"

Ist die Liebe denn ein Steinbruch, in dem man herumackert? Ich bin jederzeit zu einem Verständnis und Entgegen-kommen bereit. Kathia stößt mich manchmal mit ihrer Strenge vor den Kopf, Anja mit ihrem Schweigen, das einen Zug von Grausamkeit enthält. Was Sie hier auch noch wissen sollten: Ich habe mich getäuscht. Schrieb ich zuvor, dass Anja niemals auf die Idee käme, meinen Anrufbeantworter abzuhören oder sich gar mit Kathia zu verabreden, so hat sich das als falsch erwiesen. Sie hat beides gemacht und Kathia vor ihrer Praxis getroffen. Wozu? Um mit ihr über mich zu reden. Ich weiß nicht, wie und was. Aber Anja hat bestimmt damit recht, dass ich ein Idiot bin. Der will ich auch weiterhin sein, um gesund zu bleiben. Vielleicht ist es ja ein Ausweg, wenn mich eine Dritte aus dem Dilemma befreit. Aber da werden Sie sagen: „Jetzt verhindert dieser Josef Schrödinger innerliches Wachstum durch eine Anhäufung ohne Ergebnis."

Trotzdem habe ich mich in einem Internetforum, dem ‚dating-café' ange-meldet, um in meiner abendlichen Einsamkeit wenigstens mit Frauen telefonieren zu können. Dabei bin ich auf eine Brasilianerin gestoßen, die unter dem Pseudonym ‚Bunte Taube' agiert. Tauben sind mir als friedliche Wesen angenehm. Eine gewisse Buntheit ist auch schön. Sie müssten einmal das Foto ihres Profils sehen! Sehr erotisch und zugleich liebevoll zugewandt. Mit einer Sanftheit, die mich anspricht. Nur schade, dass sie so weit weg in Hamburg wohnt. Eine Zeit lang haben wir täglich telefoniert und SMS geschrieben. Dadurch entstehen Sehnsucht und Verständnis. Nach einiger Zeit aber habe ich nichts beschönigt, mich vielmehr an Camus' Maxime von der Wahrheit gehalten und ihr von meinem Dilemma erzählt. Das war wohl ein Fehler. Danach hat sie mich nicht mehr angerufen.

Das Dilemma, zwischen zwei so unterschiedlichen Frauen zu stehen, lässt mich verzweifeln. Dabei liebe ich starke Frauen. Aber ihre Stärke muss auch darin bestehen, dass sie Verständnis für meine Schwächen haben.

23

Ja, Herr Dr. Mondmann, es steht schlimm um mich. Anja habe ich beim Tennis getroffen. Sie spielt im Doppel auf der anderen Seite und schlägt mir die Bälle um die Ohren. Sie redet nicht mit mir. Ich hatte sie um ein Gespräch gebeten. Eher demütig, eben in jenem Ton, in dem man einen Beichtvater bittet, einem die Last abzunehmen. Vergebens.

Kathia ist am Nachmittag desselben Tages zornig abgerauscht, nachdem ich es gewagt hatte, auf meinem eigenen Balkon ein Döschen Bier zu öffnen.

Normalerweise ruft sie mich am Abend an. Dieses Mal auch das nicht.

So bin ich nun alleine auf mich gestellt und frage mich, was ich falsch mache. Dem Jungen fehlt der Teddybär und er ist traurig. Das Leben werde ich mir nicht nehmen. Ich habe im Küchenschrank noch eine Flasche Portwein. Der führt mich wahrscheinlich zu ungeordneten Gedanken, aber vielleicht sind sie nicht ganz falsch. Woran ich leide ist fehlendes Verständnis, ist der Mangel an Weiblichkeit und Mütterlichkeit auf Seiten der Frauen. Wäre ich jung genug, würde ich mit ihnen gerne Fußball spielen. Aber mehr auch nicht. Es ist auch der Mangel an Humor. Die Frauen setzen lieber ihren Willen durch, als die Fünf einmal eine gerade Zahl sein zu lassen. Sie wollen einen erziehen, umpolen. Ich hasse diese Kämpfe, will sie nicht. Ich träume von einer lächelnden Harmonie.

Sie, lieber Herr Dr. Mondmann, haben mit Ihrem Ratschlag einer Marienverehrung völlig recht. Aber das hilft mir nicht. Ich brauche die reale Verwirklichung. Ich bin kein Asket, sondern ein schwacher Mensch. Ich möchte meinen Kopf an eine weibliche

Brust legen und sie spüren. Das Theoretische ist mir zuwider. Für eine harmonische Beziehung, das weiß ich, täte ich alles. Aber welche Frau erkennt das? Meine beiden, die Anja und die Kathia, offensichtlich nicht.

Das ganze persönliche Drama ist eingebettet in den Corona-Wahnsinn, den ich verachte. Ich hasse diese Masken tragenden Idioten oder blöden Lämmer. Ich merke, wie in mir der unbändige Wille zur Freiheit erwacht. Und zugleich der Wunsch nach einer Gefährtin, mit der ich von einer anderen Zeit träumen kann. Sie, lieber Herr Dr. Mondmann, mögen mich als Romantiker verspotten. Aber waren es nicht gerade die Romantiker, die das Menetekel einer unbarmherzigen Zeit an die Wand geschrieben haben?

Es steht schlecht um mich. Aber ich liebe den Mond, die Sterne, die Natur und eben auch die Frauen. Deshalb fühle ich mich nicht ganz hoffnungslos. Ich glaube daran, auch wenn es spät ist, dass es die Eine, Besondere gibt. Nennen Sie mich einen Träumer. Ich träume weiter. Gehe ich unter mit meinem Traum, so hatte ich nichts zu verlieren.

Wenn ich von der Einen, Besonderen spreche, so schließe ich weder Kathia noch Anja aus. Aber sie müssten lernen, mich zu verstehen. Für ein Beugen meiner Persönlichkeit bin ich mir zu schade. So etwas dürfen sie mit einem Hund versuchen.

Ich gehe mit Freude meinem Job als Stromableser nach, gräme mich nicht um eine scheinbare Degradierung, bin stolz darauf, mit dem Fahrrad durch Koblenz zu fahren und in Keller zu steigen. Ich überrede, wo immer ich es kann, die Leute, den Anbieter zu wechseln. Ich diene einem Herren, den ich nicht mag und den ich unterlaufe. Solch ein Verhalten mag ich eigentlich nicht. Aber ohne Job und Verdienst wäre ich vollends im Elend.

So sehen Sie, wie zwiespältig das alles ist. Auch mit meinen beiden Frauen. Käme eine nur auf die Idee, mich jetzt aufzusuchen und mit mir zu reden, sie hätte mich unverbrüchlich gewonnen.

24

Ach ja, in diesem ‚dating-café' hatte ich mich unter einem Pseudonym angemeldet.

‚Odysseus 2020'. Das sagt doch alles. Oder?

Aber solche Irrfahrten wie der Odysseus halte ich mit meinem fortgeschrittenen Alter nicht aus. Soll ich noch zehn weitere Jahre herumsuchen? Was hat Odysseus mit den Frauen nicht alles durchgestanden!? An den Schiffsmast gebunden hat er den Sirenen zugehört. Und da war die Zauberin Circe, die seine Gefährten in Schweine verwandelt hat und die ihn dann an sich fesseln wollte.

Hiermit verabschiede ich mich von Ihnen, danke Ihnen für den Rat, den Sie mir gegeben haben. Insbesondere war es auch der Brief des Franziskus. Seien Sie versichert, dass ich genau danach handeln werde. Lege ich allerdings die Hand auf die Brust einer Frau, dann nicht nur im Respekt und in Selbstlosigkeit, sondern auch mit einem gewissen Begehren. Mein wildes Herz kann nicht anders.

25

Oh, je, lieber Herr Psychiater, kaum hatte ich geschrieben, dass ich mich von Ihnen verabschiede, da gehen mir auch schon wieder die Gedanken wie ein Mühlrad im Kopf herum.

Kathia ist für mich anstrengend. Sie ist klug, energisch, eloquent, schön, fordernd, charmant. Was ich Ihnen schreibe, ist also kein negatives Urteil über sie, sondern ein Beweis für meine Schwäche. Anja ist auch anstrengend, aber eben auf eine ganz andere Weise. Indem sie sich dem Gespräch und einem damit möglichen Verständnis völlig entzieht.

Ich sehe ein, dass mein Traum geplatzt ist. Der von einem Bauernhof, auf dem ich mit zwei Frauen, die ich liebe, leben kann. Eine Entscheidung für nur eine kann ich nicht treffen. Dazu bin ich zu schwach. Wohin auch soll mein Gefühl gehen? Eine solche Entscheidung ist eine Grausamkeit, die ich nicht zuwege bringe. Und der Traum von einer Dritten, die endlich das behagliche Glück bedeutet, würde mir, das sehe ich ein, bei meinem Naturell wie eine Seifenblase zerplatzen.

So erscheint mir jetzt also eine Flasche Portwein, von denen ich noch mehrere habe, als verlässlicher Trost. Flasche auf und gut ist! Die Flasche protestiert nicht, verweigert sich nicht, verwickelt einen nicht in anstrengende Diskussionen. Sie lässt sich genießen, und wenn sie leer ist, ist sie eben leer. Dann kann man sich eine neue holen.

Mein lieber Herr Schrödinger!

Statt eines Kommas setze ich hier ein Ausrufezeichen, um sie wieder zur Vernunft zu bringen. Der Portwein ist kein Ersatz für eine liebe Frau. Um die Liebe einer Frau zu gewinnen und vor allem zu halten, müssten Sie sich auch bemühen und an sich arbeiten. Oder eben wirklich zu einem Leben wie der Heilige Franziskus kommen. Oder dem Buddha nacheifern, der sich auch von den Fesseln einer Frau losgesagt hatte. Entschuldigen Sie bitte, wenn ich ‚Fessel‘ schreibe. Das wollte ich nicht. Es ist mir so rausgerutscht. Dass die Liebe in unserer Zeit pathologische Züge hat und verdammt anstrengend geworden ist, daran zweifel ich nicht. Wir sind in einem Umbruch, unter dem Sie leiden. Der ganze Corona-Wahnsinn ist ja auch typisch für eine geistig verwirrte Zeit. Dass die Frauen anders als in patriarchalischen Epochen ihre eigene Freiheit und Selbstständigkeit haben und haben wollen, ist gut so. Dadurch haben Sie die Chance, recht spannende Frauen kennen zu lernen, was Ihnen in erstaunlicher Weise immer wieder zu gelingen scheint. Für mich sind Sie auch ein Schelm. Denn wer so lange Briefe schreibt, kann nicht immer an der Weinflasche hängen. Dass Sie einen ganzen Sack von Lastern haben, ist mir klar. Genau das scheint Ihnen, was seltsam ist, immer wieder zu ermöglichen, attraktive Frauen für sich zu interessieren. Aber dann geht es schief und sie leiden, eilen von einer zur anderen, machen immer wieder die gleiche Erfahrung. Sie sind, verzeihen Sie, wie ein Kamel, das in der Wüste immer an derselben Stelle vergeblich Wasser sucht.

Aber was rede bzw. schreibe ich da!? Glauben Sie bitte nicht, dass ich viel besser dran bin. Sie scheinen immerhin noch heiße Liebesnächte zu haben. Die hätte ich mit meinen 74 Jahren gerne auch. Ich bin meiner Frau sehr zugetan, weil sie mir ein gemütliches Leben erlaubt. Aber ist die Gemütlichkeit alles? Manchmal, gerade wo ich jetzt meine Praxis aufgegeben habe, leide ich unter einer fürchterlichen Langeweile. Ich habe jedoch Angst, ein häusliches, aber beengendes Glück zu zerstören und danach hilflos in den Seilen zu hängen. Deswegen habe ich mich entschlossen, meine Praxis wieder zu eröffnen und die Arbeit als Psychiater erneut aufzunehmen. Das heißt, dass ich auf Ihren Besuch warte. Vielleicht kann ich ja von Ihnen noch etwas lernen. Nichts wäre mir nämlich lieber, als in wunderschönen Nächten und auch an bezaubernden Tagen noch einmal das Glück des weiblichen Elementes zu genießen. Wenn man die Katze nicht sieht, obwohl sie da ist, mag das ruhig ein Problem der Quantenphysik sein. Aber doch nicht meines. Also kommen Sie bitte! Ihr Dr. Eugen Mondmann

26

Lieber Herr Dr. Mondmann, schön dass Sie Ihre Praxis wieder eröffnen. Aber was die Frauen angeht, kann ich Ihnen keine Tipps geben. Quantenmechanik ist einfacher. Ich kann Ihnen nur schildern, was passiert, wenn Kathia zu mir kommt.

Kaum ist sie durch die Tür, nehme ich sie in den Arm, streife ihr die Bluse über den Kopf und liebkose ihre Brüste. Danach verbringen wir himmlische Stunden im Bett. Aber später, oh ja, später, wird sie wieder intellektuell und anstrengend. Das peinigt mich. Ich habe keine Lust, groß herum zu diskutieren. Worüber denn? Kann ich die Welt erklären? Nein. Ich möchte mich bei einer Frau nur wohlfühlen. Wozu sind sie denn da? Alles andere ist anstrengend genug. Da muss die Frau doch nicht auch mitmachen.

Nun muss ich aber auch sagen, dass Kathia eine wunderbare Philosophin ist, deren Bewusstsein das eines armen Physikers bei weitem übersteigt. Wir können stundenlang auf ihrem oder meinem Balkon über die Würde des Menschen und das deutsche Grundgesetz diskutieren. Wobei ich meistens in der Rolle des Zuhörers bin. Das macht mir aber nichts, weil ich diese Frau liebe. Aber mit manchen Dingen komme ich als Naturwissenschaftler nicht klar. So sucht sie zum Beispiel ihre Brille, weiß genau, wo sie sie hingelegt hat, und behauptet, ein Gnom würde darauf sitzen und sie zum Narren halten. Ich sehe aber keinen

Gnom. Allerdings weiß ich nicht genau, ob sie das nicht als Scherz gemeint hat.

Bei Anja ist das wesentlich einfacher. Sie macht mir als Wissenschaftler keine Schwierigkeiten. Aber was ist Wissenschaft, was ist Wissen überhaupt? Ich bin auch da ratlos geworden.

Ich hatte übrigens gestern ein sehr schönes Erlebnis in Maria Laach. Ich sitze in der Gärtnerei auf einer Bank unter einem Baum neben dem Brunnen und dann setzt sich eine Frau neben mich, lächelt mich an. Und genau in dem Moment höre ich als innere Stimme in mir den Satz:

„Beschütze die Schönheit der weiblichen Seele!"

Was mache ich damit? Kann ich diese Aufgabe tragen? Ausgerechnet so ein Idiot wie ich! Wie geht das?

Ach ja, was soll ich zu Anja sagen? Ich liebe sie auch. Sie ist eine warmherzige, unkonventionelle Frau. Sie hat die natürlichen weiblichen Instinkte, ist aber anstrengend durch ihre Abwesenheit. Ich glaube, ich habe keine von beiden verdient. Ich werde weiter durch Koblenz radeln und den Strom ablesen. Mal sehen, was geschieht. Ich bin nicht ganz hoffnungslos.

Veröffentlichung von Romanen und Erzählungen. Publikationen zum Jakobsweg und auch anderen Pilgerwegen u.a. ‚Via Hildegardis'. 1996 Förderpreis zum Literaturpreis Ruhrgebiet. 2000 erschien im Leipziger Militzke-Verlag mit ‚Pandoras Schatten' der erste Roman.

Website: www.ruediger-schneider.net

‚Frühlingssonate oder Die Liebe in Coronazeiten',
Novelle, 140 S., ISBN 9783735740588

Zoltan Dragovic schlägt sich als Klavierlehrer durchs
Leben. Aber trotz seines schmalen Budgets besucht er
regelmäßig Konzerte. Bei einem, es ist Schumanns
Klaviersonate in a-Moll, verliebt er sich in die
Starpianistin Taryn O`Brian. Er komponiert eine Sonate
für sie. Aber wie kann er die Noten überreichen? Er hat
weder Adresse noch Telefonnummer. Da kommt ihm die
Corona-Krise zu Hilfe. Bei einem Konzert, das sie im
Koblenzer Görreshaus gibt, spielt sie vor nur drei
Zuhörern. In der Pause treffen sie sich im Foyer. Es ist
der Anfang des Kennenlernens und der Anfang einer
Geschichte, in der trotz oder gerade wegen der
Kontaktsperre Musik, Liebe und Widerstand die Regie
übernehmen.

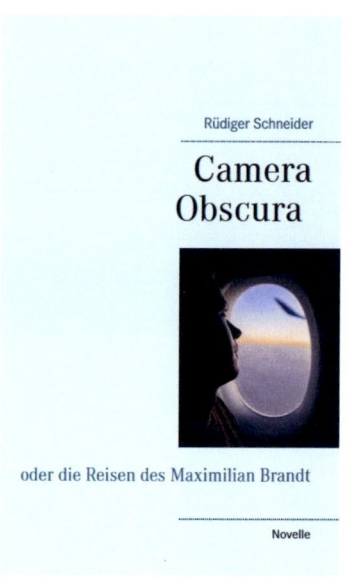

'Camera Obscura oder die Reisen des Maximilian Brandt'
– Novelle, 96 S., ISBN 9783750486942

Maximilian Brandt reist um die Welt. Im Gepäck hat er kleine, schwarze Filmdosen, die er als Camera Obscura an ausgesuchten Plätzen unauffällig mit einem Kabelbinder anbringt. Zu Hause in der Dunkelkammer entwickelt er die Fotos, erlebt bei einem Bild eine große Überraschung.